哀歌

遠藤周作

哀歌

〔日〕远藤周作——著

赵仲明——译

南京大学出版社

目　录

I

旧病复发

佐田的妻子虽说够不上满分,似乎也算得上贤妻。在干家务活、做饭、照顾孩子方面,佐田对妻子没有可抱怨的理由。

虽说找不到抱怨的理由,面对妻子,佐田却总有种莫名的空洞感。他也不明白为什么会产生这种空洞感,它来自何方。

每当看到妻子在打扫得干干净净的房间里插花、围着小矮桌为四岁的小儿子读绘本的身影时,这种感觉便宛如一股温热的液体涌上胸口。有时公司聚餐结束后回家已是半夜,妻子在身后帮自己穿和服,这种感觉也会突如其来。

"这不奇怪,每对夫妻都一样。"

有天晚上，佐田和他上学时的哥们儿在酒馆里喝酒，稍微吐露了一下这种感觉。那哥们儿重重点着头，将啤酒一饮而尽。"老婆这种东西，一旦成了家庭主妇、孩子他妈，就不再是女人了。越是贤妻良母，离女人就越远。"

经哥们儿这么一说，佐田明白了不少。结婚以来，随着妻子在妻子的角色中不断成长，佐田逐渐忘记了把她当女人看待，而妻子那方面，为了成为一个好妻子、好母亲，也在不知不觉中把自己身为女人的特质抛弃了。佐田终于明白了，这就是使得自己产生莫名空洞感的理由。

不过，佐田从未对妻子谈起过这种感受，也没有告诉她自己从朋友那里寻找答案的事情。

那段时间，为了生意上的事以及市场调查，佐田必须去国外出差两个月。九州出身的佐田家族自明治时代以来经营着一家钢钉制造厂，工厂决定从现在起大规模生产用于建造大楼的新型钢钉，为了引进设备，佐田每个月或每两个月必须去一次德国。

五六年前得过肺结核病的佐田，对去国外出差这件事多少有些不安。那天晚上，他在饭桌上半开玩笑地问妻子：

"你想不想和我一起去？"

当然,佐田嘴上问妻子想不想一起去,其实并不是真心邀请妻子和自己同行。此刻正在给孩子剔鱼刺的妻子停下手,抬起苍白的脸,眼中闪着佐田过去从未见过的光亮。她犹如少女般地点了点头。佐田顿时狼狈地低下头。

"嗯,我想跟你去!"

"我是开玩笑的啊!"

妻子突然提起,佐田得结核病时曾经向她承诺,去国外旅行的话就当护士那样带上她。佐田的脑子里对这件事压根儿没有印象,听着妻子一反常态地认真提起这一承诺,他感到很惊讶。

过了三天,妻子觉得丈夫已经承认了这一承诺,便进一步和佐田讨论此事。她把佐田半开玩笑的话"你想不想和我一起去"不经意间地变成了"你跟我一起去"。更有意思的是,妻子也没有意识到自己偷换了概念。

"我还是不记得做过那种承诺。"

"啊呀,这件事不是已经说定了吗?"

"哪里啊。我问你,你的旅费怎么办?"

"我一个人的旅费只要卖掉股票就行了,反正那股票是我老爸送的……"

一瞬间,佐田露出不快的表情,转过脸去。他不喜欢妻子这么说话。她的言下之意分明是,有我娘家老父亲送的股票,不会让你掏口袋。不过,望着说话如此不恭还一脸洋洋自得的妻子,佐田觉得,她正在回归到既不是家庭主妇也不是孩子他妈的一个女人的角色。他寻思,就冲着结婚至今她为自己操持家务甚至找不出任何理由来抱怨这一点,利用这次机会犒劳她一下也不失为上策。何况五六年前受过肺结核病折磨的佐田,对独自一人去国外确实有些担心。

　　于是,佐田决定带妻子坐飞机。他担心妻子会到处炫耀夫妇同行海外,却没想到妻子格外平静,忙着出发前的准备工作。

　　十一月的某个深夜,夫妇两人在一群朋友的相送下登上了绕行北极的飞机。

　　在科隆、汉堡、斯特拉斯堡转了一圈后,十二月上旬,发往日本的钢钉生产设备的相关谈判几近大功告成。这一工作结束后,剩余一个多月时间,佐田计划考察各国的工厂。不过,这只是假借工作名义而已。他的真正意图,是带着没见过世面的妻子,用剩余的资金和尽可能节约的方式在法国、意大利的大城市做一次旅行,之后返回日本。

他们从斯特拉斯堡抵达巴黎时正是圣诞节前夕,大街小巷已被节日气氛点燃。佐田夫妇租了一间二三流旅馆中的小房间,有时外出为朋友和孩子们采购当地的土特产,有时翻着旅行小手册穿梭于巴黎的名胜古迹。

从那时起,佐田开始觉得身体上出现了难以名状的乏力感。起初,他以为可能是自己走不惯石板路并且一天上下旅馆楼梯好几次造成的,但无论怎么休息、睡觉,倦怠感似乎总是滞留在体内挥之不去。不久,他的左腿从大腿部到脚跟开始轻度抽筋,甚至爬低坡时也变得气喘吁吁起来,手掌心和脸颊上不时产生烧灼感。

难道是曾经的肺结核病复发了?佐田不禁忐忑不安起来。大约五六年前,佐田胸口左侧的锁骨下发现了一厘米大小的病灶,为此他接受了两年的治疗。所幸当时病灶并不大,半年后就能边接受气胸疗法边去公司上班了。

“佐田先生,千万不要复发啊,一旦复发,只能拿掉两三根肋骨了。”

医生老是这么说。

走在克莱贝尔大街上,佐田用不安的眼神瞥了一下妻子。妻子丝毫没有察觉,她头上戴着来巴黎后买的帽子,向每一家商店的橱窗里张望。

"这里的东西，染色工艺就是不同呢。你看这种颜色，日本根本做不出来。"她说着，注意到了丈夫不安的神色。"你怎么啦？把一下脉呀。"

佐田眨巴着眼睛看了妻子一眼，是告诉她还是不告诉她？他犹豫了一下。

"我没什么，"佐田轻声道。

佐田在心里告诉自己，倘若肺结核病复发，即便来了巴黎也只能即刻返回日本，这样一来，最可怜的是妻子，她多么期待这次旅行啊。其实，从佐田自身而言，无论是对妻子还是对自己，他都十分害怕明确说出"复发"两个字。他不愿意面对这件事。夫妇二人并排走着，苍白无力的冬日阳光洒在石板路上。

不可思议的是，佐田决定否认旧病复发后，胸闷和烧灼感突然消失了。佐田想，果然还是旅途的疲劳和担心造成的。恰巧此时，有个年轻的日本留学生告诉他，巴黎正在上演老作家莫里哀的戏剧《无病呻吟》，佐田觉得这好像就是在说自己，不由得露出了一脸苦笑。

好景不长，佐田身上紧接着出现了其他症状。哪怕和人聊一个小时的天，身体的左半边也会像灌了铅那么疲惫不堪；偶尔还会有窒息的感觉，尽管只有二三十秒的时间。

　　不去医院不行,佐田想。可是,那样一来,就得找连语言都无法沟通的外国医生,加之他打心眼儿里不想看到 X 光照片上暗示空洞的白圈。如果真到了那一步,不论愿不愿意都必须回国,不得不接受危险的手术,拿掉几根肋骨。这种不安,使得佐田将就诊一事一天天地拖延了下来。他之所以还能说服自己,是因为还没有出现咳嗽和咳痰。他告诉自己,仅凭疲劳和窒息感就怀疑自己旧病复发,那纯属杯弓蛇影。

　　佐田仍然没有将自己的身体状况告诉妻子,他觉得,告诉妻子就等于承认自己旧病复发了。

　　某日三更半夜,佐田在克莱贝尔大上街的三流旅馆的房间里突然醒来。巴黎的夜晚总是格外漫长,夜色中他一直睁着眼睛,隔壁房客的咳嗽声不断传入耳朵,还能听到闹市区方向传来的汽车声。妻子是个作息很有规律的健康女人,此刻呼呼地睡得正香。

　　(这女人一如既往地作息规律,而且健康。对我来说算是贤妻,对孩子来说也是个良母。)

　　想到这里,佐田对眼前的妻子突然生出一股无名火。无名火一起,佐田便感到莫名的孤独。自己身处异国的廉价旅馆,和妻子同枕共眠。结婚已经超过五年了,可是作为丈夫的自己因害怕旧病复发,只能睁大眼睛注视着黑洞洞的夜色,而这个女人却浑然不知。

她竟然完全没有察觉我不安的举止和眼神,怎么说也算是在相互理解中一起走过了五个年头的夫妻呀。结果却是如此。佐田在夜色的包围中不停地眨着眼睛,迷迷糊糊地思考夫妇究竟是什么、我们真的相互爱着对方吗这些问题,这是结婚以来的第一次。

"我可能复发了。"

吃早餐时,佐田将咖啡倒进杯子咕嘟咕嘟地一气喝完,以尽可能平静的语气开口道。

"复发?什么复发?"

"肺。"

妻子将抓着纸巾的手放到膝盖上,沉默了片刻。佐田一声不吭地听着冬蝇撞在房间的窗户上发出的嗡嗡声。

"你开玩笑吧?"

佐田注意到妻子抓着纸巾两端的手指十分用力。

"是吧,你是开玩笑吧?"

"不是。"

"为什么?为什么会复发?"

"也不确定就是复发。我说可能复发了。"

佐田简明扼要地对妻子说明来巴黎之后身体感觉格外沉重，到了午后从肩部到左胸出现窒息般的倦怠感。

"不过，也不能光凭这些就判断是肺部的问题。"

"一定是累了，"妻子突然声音嘶哑地开口了，语速很快，"你想，两周前你不是打了很多行李包吗？肯定是因为打包引起的肩头酸痛。"

"是吗？"

"是的，就是。首先，你没有发烧，也不咳嗽。"

她目不转睛地注视着丈夫的脸，一副对自己的话深信不疑的模样。

"脸色也不坏呀。"

然而，佐田发现，妻子越是极力强调他很健康，越是无法掩饰眼神中流露出来的胆怯。

（哎呀呀，这女人和我一样，竭力否认我旧病复发。）

佐田忽然觉得十分可笑。自己和妻子两人，一如仓皇逃窜的两只老鼠，被"复发"这只不祥的动物在屁股后面追赶，滑稽不堪。

佐田这样想着，但他内心更愿意相信妻子的这番话。她说得没错，自己既不咳嗽，也没有发烧，镜子中的自己，身体也没有明显消瘦,凭什么就断定自己肺病复发了呢?

不过,此刻一种带有恶意的想象逐渐占据了佐田的脑海:妻子为何如此竭力否认我生病一事?

(一旦我病了,本次的旅行也就该结束了,她肯定无法接受这种结果。她对这次海外旅行是多么期待啊!)佐田歪着脑袋,偷觑妻子的侧脸。(所以她也不得不否认我旧病复发。)

然而,妻子根本没有察觉佐田的心理变化,不断重复着你没有发烧、脸色不错之类的话。

从这天起,佐田内心萌发了另一种无以名状的疑虑,因为他不清楚在妻子心里旅行和自己究竟哪一个更重要。妻子害怕自己旧病复发最真实的理由,难道不是不愿意中断本次旅行吗?

(她原本也不是那种将这两件事放到天平上衡量而不知道哪个更重的蠢货啊。)

佐田这样想着,试图让自己的心情平静下来。直到今天,妻子在操持家务、照顾孩子上尽心尽责,几乎挑不出毛病,所以她绝不可能是个坏妻子。况且,她如果是个名副其实的贤妻,一定会首先考虑丈夫的身体。这是佐田自己的逻辑,是作为丈夫对自己而言最有说服力的逻辑。

可是佐田很快发现，这套逻辑并不是一成不变的。

佐田寻思，老是一个人在那里胡思乱想也不解决问题，便请大使馆的人为自己介绍在此地留学的年轻的日本医学生。佐田担心去找法国医生的话会有语言障碍，而且白人和日本人体质有差异，也存在误诊的可能性。

有个大阪出生的年轻医学生住在塞纳河沿岸的贝莱查斯的出租屋里，过着单身小日子。落满灰尘的书桌上，从大阪寄来的海苔、佃煮①东倒西歪地挤在医学杂志的缝隙中。"其实我的专业不是临床内科，是外科，"稚气未脱的年轻医学生一脸困惑地对突然造访的佐田解释道。

不过，医学生还是戴上听诊器为佐田做了全身检查。他像个熟练的医生那样不停地吩咐佐田"请大口吸气"、"请吐气"。

"这种检查无法确诊是不是结核病。能听到罗音，但不能断定就是肺部的问题，还是拍一张 X 光片比较好。"

"但我既没咳嗽也没发烧。"

"结核病未必有咳嗽和发烧的症状。可能的话还是尽

---

① 一种可较长时间保存的日本传统食品，通常用小鱼或贝类肉加入酱油等调料炖煮而成。——译注

早结束旅行,拍一张 X 光片看看为好……"

佐田留下一大盒从日本带来的昆布丝作为谢礼,返回旅馆。

他按下房间的门铃。打开房门的妻子,双手紧握着房门的把手,脸色苍白地仰视佐田。

"孩他爸,怎么样……"

"没有确诊,"佐田叹了口气。

"医生说还是中止旅行为好。"

"你说中止旅行?"妻子吃惊地大声嚷了起来,"尼斯和马赛都不去了吗?"

"啊,不去尼斯了,也不去马赛,"佐田咀嚼着残忍的快感,"不骗你,尼斯和马赛都不去了。不愿意? 当然不愿意,是吧。"

"那也没办法,"妻子背过手看着指尖回答,"不管怎么说,你的身体最重要啊……"

可是,佐田很快从妻子的态度上看出来,这么一句只有贤妻才会说的话并非出自她的真心。几年的婚姻生活下来,佐田很清楚妻子在不得不和自己的情绪做斗争时会有的举动。

佐田一头倒在失去了弹性的床上,望着天花板出神,妻子拖动行李箱发出的巨大响声传入他的耳中。

"你在干吗?"

"整理行李。反正不去尼斯和马赛了呀。我还是抓紧时间,先把手提行李和要寄的船运行李分开来。"

语句听上去很温和,语气却好像克制着满腔怒火。期待了这么久的法国之旅,并非自己的原因而不得不放弃,妻子的不满似乎找不到发泄的出口。她"啪嗒"一声重重地合上行李箱,粗暴地将钥匙插进锁孔,咂了一下嘴。

"啊啊,这么便宜的锁,关不上箱子。"

"你说什么?"佐田也有些恼火,不由得高声了起来。

"没什么,"妻子绷着脸看了一下佐田。

佐田开始担心,如果妻子这种情绪持续两天、三天的话怎么受得了,而妻子嘴上不明确表达自己的不满,光对着行李箱、行李锁出气,心情会变得更加糟糕。

"我说,我们还是去各处转转,"佐田终于情绪烦躁地说出一句话,"就这样吧,就这样定了……"

说完这句话,佐田发现自己主动走进了圈套。

"真的可以吗?不用勉强,"妻子说。果然她又像贤妻那样,眉宇间露出了担心的神色。"万一真的是旧病复发,我可担不起责任。"

结果,佐田夫妇决定按计划坐火车去法国南方转一转。现在佐田已经丧失了对旅行的兴致,哪怕是去从未踏上过的土地、陌生的街道。他只是不想面对自己担心旧病复发的不安内心和妻子不满的表情,因此拖着疲惫的躯体继续完成旅行计划。他带着履行某种义务,不,准确地说是自暴自弃的心情坐上了火车。

从巴黎开往马赛的火车奔驰在白雪皑皑的田野上。有时穿越城市和村庄。那些城市和村庄的中心必定矗立着教堂。八个人的包厢中,坐着四五个貌似出征阿尔及利亚回国的军人,和带着孙女长着一张山羊脸的老太婆,他们时不时地偷觑几眼佐田夫妇,一旦视线撞在一起便赶紧移开。包厢中暖气的热量和憋闷让佐田喘不过气来,他不时地擦拭额头和脖子上的汗珠。

"不要紧吧?"佐田的妻子担心地低声问道,"发烧吗?"

对妻子的询问,佐田不再像过去那么相信了。他甚至想反问,既然我是必须好好照顾的病人,为什么还让我坐火车? 如果这么责备的话,妻子无疑会回答决定这次旅行的是你自己。

(不错,最后决定去马赛和尼斯的的确是我自己。)佐田苦笑了一下。（可是，逼着我说出这话的是谁？）

　　他斜视着坐在身边的妻子的侧脸，她说着似乎很关心自己身体的话。这是个在任何场合都能将自己置于贤妻位置上的女人，让身为丈夫的自己找不到指责她的理由。佐田产生了莫名的厌恶感，从座位上站起来。

　　按照计划，佐田夫妇在火车所到之处的大城市和古迹名胜下车，参观了以丝绸产业闻名的里昂，历史上被赶出罗马的教皇的宫殿所在地阿维尼翁。不可思议的是，佐田的胸闷和身上沉重的倦怠感不知不觉地消失了。这种健康状态持续了四五天后，他自己也忘记了在巴黎旅行时有过的那种强烈的恐惧感。他走在妻子的前头，上下里昂美术馆的楼梯，穿梭于著名的圣-让大教堂的各个神殿。

　　夫妇二人在阿维尼翁法皇厅参观时，佐田忽然发现妻子的唇角浮起了一丝揶揄的笑容。冬天的夕阳透过古老的法王厅墙上的彩色玻璃洒在教堂的地面上。脸颊沐浴在夕阳中的妻子，望着大踏步走动的丈夫，露出了浅浅的微笑。

　　"有什么不对劲吗？"

　　"哪里，没什么不对劲，"妻子说着转过脸去。

　　佐田明白了妻子露出那种笑容的理由。先前那么担心旧病复发而坐立不安的自己，眼下就像一切都没有发生过似的劲头十足地四处走动。她一定在心里暗自鄙视自己，嘲笑自己，她肯定觉得自己是个既小心眼又十分小题大做的男人。

佐田眨巴着眼睛寻思，自己在妻子面前过早呈现出良好状态实在有欠考虑。同时，他也生妻子的气，她非但不为自己的身体恢复了元气感到欣喜，反而在夕阳下嘴角浮出了冷笑。但是，与这些相比，让佐田有些悲伤的是自从来外国旅行，不，自从开始担心旧病复发之后，夫妻关系便变得和以前不同，两人便相互猜忌，相互猜疑对话中的弦外之音。

于是，佐田从第二天起，不再在妻子面前表现得身体健康。昨天妻子脸上隐隐浮出的嗤笑，犹如一根小刺依然残留在他的脑子里。他决定即使没到那么疲惫的程度，也要坚持用非常疲惫的表情和语气与妻子相处。他十分清楚自己的行为很孩子气，但他觉得眼下没有更好的选择。

佐田的妻子似乎很快识破了丈夫的演技。昨天还行走如飞的丈夫，今天却行动迟缓地跟在自己身后，还时常停下脚步，为自己的右手把脉。妻子对丈夫刻意的行为变得不耐烦起来，开始故意无视他的举止和长吁短叹。两人各怀鬼胎地一路从马赛玩到了尼斯。

就这样，担心旧病复发的不安情绪影响到了夫妻的心理状态。它已经不再是佐田身体上的问题，迄今为止在丈夫眼里几乎无可挑剔的贤妻，现在却让佐田看到了她的另一面。

事到如今，他后悔不该带妻子来这趟旅行。如果没有带她来旅行，自己应该还是一如既往地把她看成是个不坏的妻子。

不过，与妻子的问题相比，佐田更是每天被自己是不是真的旧病复发了的疑惑搞得心神不宁，并在和妻子之间持续不断孩子般的较量中精疲力竭。（唉，不如让我咯血吧，咳出点血痰吧。）

和离开巴黎时的心情不同，佐田甚至想，如果真的是旧病复发，不如早点发作为好，那样的话，不光是自己，夫妇二人心理上的负担都会一下子减轻下来。

可是，让人啼笑皆非的是，自暴自弃的佐田开始盼望旧病快点复发时，身体上的那些症状却不再出现。当然，一定程度上的疲劳和肩酸还在不断袭来，但是巴黎旅行时几乎每天都能感觉到的脸颊上和手掌心的烧灼感以及胸闷的感觉全都荡然无存了。

　　佐田觉得自己被肉眼看不见的东西耍了。这个肉眼看不见的东西对自己夫妻二人满怀敌意,不断地通过对旧病复发的不安心理玩弄自己和妻子。

　　佐田怀着苦涩的心情带妻子从马赛玩到尼斯。只有这一带,虽然还在一月份的季节,却是温暖的阳光洒满白色的街道,地中海平静的波浪轻轻拍打着城市的海岸。来这里避寒的老年夫妇和女人们甚至搬出桌子在海边晒太阳。佐田也和妻子一起坐在桌子旁喝马天尼酒。

　　"我要给孩子们寄明信片。"

　　妻子不知不觉又回到和在日本时一样的贤妻良母的老样子。佐田想起自己很长一段时间面对妻子时会产生一种莫名的空虚感,但仅就作为妻子、孩子们的母亲而言,她还是值得信赖的。而这种信赖感现在消失得无影无踪,自己的内心受到了伤害。妻子正驱使着白净的手指给孩子们写明信片,佐田漠然地注视着她,脑子里思考着之所以走到这一步的原因。

　　两人在海边晒了日光浴后去水族馆参观。所谓水族馆,也就是一间很小的房子里放了些四边形的玻璃盒,里面养着从附近捕捉到的十分常见的普通鱼类供孩子们参观。佐田夫妇夹在一群嬉闹的白人孩子中间,将四边形的玻璃盒浏览了一遍。

"快看这条鱼,听说身上的颜色会根据周围环境的颜色而变化。"

听妻子这么一说,佐田朝水槽中望去,有一条和比目鱼很像的小鱼安静地躺在茶色的沙砾上。果然,这条鱼躺在白沙上的躯体变成了白色,靠近褐色小石块的部分变得和小石块的颜色一模一样。佐田看到这条鱼时,脑子里的那个东西好像被什么东西刺激到了似的让他焦躁不安起来。究竟是被什么东西刺激的呢?当时佐田还不是很清楚。

当天晚上在旅馆用餐时上了一条比目鱼。大概是被比目鱼的小刺卡到了,佐田喝了很多水下去,还是感到喉咙隐隐作痛。

喉咙的隐痛让佐田半夜醒了过来。夜色中他睁开眼睛,能听到远处海浪拍打在岸上的沉闷声音。他想起在巴黎的克莱贝尔大街的旅馆里自己也经历了辗转反侧的一夜。只是那晚听到的不是海浪的声音,而是夜晚城市的喧闹声。妻子也像现在这样发出轻微的鼾声熟睡着。夫妻究竟是什么?和陌生的路人有什么不同?和在巴黎度过的那晚一样,佐田又开始思考起来。

　　鱼刺卡在喉咙里的感觉依然挥之不去。佐田打开洗面台上的灯，往杯子里倒了一杯水。随后，他像吐痰那样将积在喉咙里的东西吐在洗脸池里。

　　是鲜血。飞溅在毛巾上的红色的鲜血，在荧光灯的白光下显得格外鲜亮。镜子里照出了佐田发青的脸，他明白了，之前心里觉得已经发生的事情终于来了。

　　丈夫放水的动静吵醒了妻子。

　　"你在干吗？都这时间了。"

　　"吐血了。"

　　佐田的背后出现了片刻的沉默。突然：

　　"我说过多少次，从巴黎直接回日本……"妻子的说话声听上去特别尖，"我都说了不必勉强，旧病复发的话我可负不了责任。"

　　佐田身体靠在洗脸池边的墙上，闭着眼睛。他的眼前浮现出今天白天在水族馆里见到的那条鱼。不知为什么，他觉得这条鱼和妻子本质上是一样的。尽管不清楚理由，但佐田就是这么觉得。啊啊，那条鱼才是自己在妻子身上从未发现的、既非主妇也非人母的女人的本质，佐田想。

　　"啊啊，"他有气无力地回答妻子。

　　"都是我的错。"

男人和九官鸟

I

"好暗哪，而且这里只有四间病房。太冷清了。"

走廊里有个男人在说话。

"哎呀，不行吗？这里安静，还有阳台，我们都觉得很不错呢。你不喜欢的话，就只能住到特殊病房去了，可以吗？那里不能用保险哟。"

用揶揄声调回答男人的是掘口护士长，她可谓我们这些病人的仇敌。她肤色黝黑、身材矮小，长着一只狮子鼻。之所以三十二岁还未出嫁，并非由于她拥有南丁格尔那样的精神，而是因为从来没有男人正视她一眼。这个女人心胸狭隘、喜欢刁难人,总是拿规矩当权力欺负我们这些弱势的病患。

"不能用保险? 开什么玩笑。为了让老爷子住院我们都精疲力尽了……"

"那就在这儿办住院手续咯,变更是绝对不允许的。"护士长语气冷淡地说。

"我告诉你,想马上住进来的患者多得去了,你以后还想变更的话……"

"是、是。"

两人的脚步声消失在走廊尽头的时候,正是午睡时间结束的那一刻。从松田先生的病房和服部君①的病房里也传来了咳嗽声,还有一连串的打哈欠声,接着,两人上了和各病房都相通的阳台(阳台是那个护士长的说法,其实只是晒东西的肮脏露台),开始伸懒腰。

"熊谷先生、熊谷先生,三号病房好像有人住进来了。"

大概是听到了刚才的说话声,服部君开口招呼我。

"好像是的。"

我抚摸着从敞开的睡袍底下露出的火柴棍般的大腿

---

① 日语中称呼比自己年龄小或地位低的人为"君"。——译注

回答。接受了半只肺和六根肋骨切除大手术后还未过四个月，无论是腿上还是屁股上的肉都掉得十分厉害。

"但愿这次来的是个年轻点的女人。"

"这不可能。你想……女人这种动物基本上都很抠门，不到快死的地步不会来住院。"

服部君希望是个年轻的女病人，并不完全是因为他喜欢女人。确实，这个近似乡村摇滚狂魔的学生有点好色，但和住院一两个月的短期病人不同，对于我们这些被告知至少住院半年以上的人来说，每天都无聊到欲哭无泪的程度。我们如饥似渴地盼望被人温柔对待，出现一些有点新鲜的事情。

不久前，三号病房住进了一个中年妇女。这人外表淳朴，很不起眼，我们都把她当成了农村大妈。不久，我们得知她是近期歌舞伎界就要继承有名名号的演员的太太，大吃一惊。就在她丈夫举行盛大的袭名仪式①前她出院了。

"算什么啊，那个掘口的说话口气，就像在吵架。"

一直沉默着的松田先生在阳台上突然开口道。松田先生是大阪某公司的科长，他似乎很在意自己的科长身

----

① 即承袭师名。——译注

份。我们三人中他之所以被掘口护士长盯上，是因为他旁若无人地抽了烟。松田先生也以对这位不把自己当科长的狮子鼻女人的憎恶来打发每天无聊的生活。

"这女人没半点儿人情味，和岸首相是一路货色。"

"她觉得自己很了不起吧。老是在命令病人，渐渐地就以为自己真的了不起了。"

服部君用煽动的语气说。

"唉，有什么了不起的，莫名其妙啊。也只有在医院才能这么神气活现，多管闲事。就那么点本事，"松田先生忿忿地说，"不就是头蠢猪吗？"

"就是，都没人正眼看她，蠢、母、猪。"

每天，我们就像完成作业似的在掘口护士长身上挑着各种不是，把她的缺点一项项罗列出来，这也是打发无聊时间的一种手段。在六点测体温到送来吃难吃的晚餐之前，午后的一大段时间内没有什么可干的事情。

不过，今天有些不同，三号病房即将住进来一位新的病人。他（她）是什么人？干什么工作？尤其是他（她）的病情发展到什么程度？这些多多少少引发了我们这些老病人的好奇心。如果新病人的病情轻于自己，我们便会生他（她）的气，如果他（她）的病情很糟糕，奇怪的优越感就会油然而生，这就是我们这些病人的心理。

第二天下雨。蒙蒙细雨下个不停，浸润了院子里干枯的树木和杂草的根部，两只浑身白毛的野猫好像迷路似的跑在雨中的院子里。走廊上比往常显得更加阴暗湿冷。那条阴冷的走廊里传来了运送被褥和行李的平车嘎吱嘎吱的声响。有个戴着无框眼镜帅气十足的男人走在平车边上。

"是那人吗？不是，不是那人。应该是他爹。服部君，你去看看，是个什么样的老头？"

"又是我啊，太讨厌了。松田先生，什么事你都让我去。"

"现在听我的话，出院后就让你进我们公司。我毕竟是个科长……"

服部君将手里握着的花牌放到满是褶皱的床单上，走出病房。不一会儿他回来报告，一个脸色苍白、眼睛斜视、留着邋遢胡子的老人坐在平车上，刚刚进了三号病房。那个帅气青年好像是病人的儿子，放下行李就走了。

"斜眼老头一个人被留了下来，一只鸟笼放在膝盖上抱着。"

"鸟笼？古怪的老头啊。是只什么鸟？"

"浑身黑得像乌鸦，嘴尖和胸口是黄颜色的。熊谷先生，那是乌鸦吗?"

"是九官鸟吧。"

"哦，九官鸟啊。真是个怪老头。"

打在窗户上的轻微的雨点声一直持续到黄昏。来了新病人的病房也回归了宁静。不一会儿，护士开始为各房间送餐。餐盘上放着一段红烧鱼、一碗冰冷的杂烩汤和一碟咸萝卜。大家在昏暗的灯光下用餐。

"熊谷先生，去九官鸟的房间看看吧，也算是例行打个招呼。"

服部君用牙签剔着牙露出脸来。实在是时间难以打发，只要一来新的病人，我们这些不守住院规矩的家伙便打着拜访的名义去新病人的房间，幸灾乐祸地告诉他们，接下来他们不得不接受的支气管镜和支气管造影检查会是多么痛苦。

我们兴致勃勃地去了老人的房间。才刚过七点，房间已经熄了灯。我们凝神细听，房间里没有任何动静，只能清楚地听到淅淅沥沥的细雨声。

Ⅱ

如果不是老人带来了一只九官鸟，也许不会激起我们如此大的好奇心。对我们这些整天无所用心的人来说，会说话的九官鸟是打发无聊时间的最好工具。

第二天，有关老人的消息多了起来。他叫中川嘉三，是涩谷一带某大型鞋店的老板，儿子和儿媳对长期患病的老人束手无策，把他送进了医院。

"那人的儿子和儿媳看上去很时尚，"松田先生转述从名叫菊地的年轻护士那里听来的消息。"他们把病人送进病房就立马走人了。特别是那个儿媳，说是害怕被传染，一直等在护士站里。"

不过，类似于这种"姥舍山"的故事①发生在医院里并不稀罕。得了肺病和中风被当成负担送进医院的老人多得不可思议。而且家人几乎不来探视。听说有些人即便

---

① 来源于日本古老的民间传说，故事中儿子将上了年纪的父母送到山里抛弃。——译注

偶尔来一下医院，也只是为了找医生和护士，叮嘱他们不要用昂贵的药物。

我把头探出窗外，外面还有些昏暗。大概九官鸟的鸟笼拿回房间里去了，阳台上什么都没见着，只有毛毛雨打湿了地面。

"说到那只九官鸟，今天一大早菊地小姐去给他量体温，"这次轮到服部君开口了，"老头没注意到菊地小姐，他一直对九官鸟说儿子和儿媳的坏话呢。"

"唉，说坏话啊。"

我仿佛看到了一个被家人扔在医院里的老人，整天敞着睡袍蹲在地上满脸愁容地说着儿子和儿媳坏话的模样。

"好滑稽啊。太有意思了，我去把那只鸟借来，也教它说掘口护士长的坏话。"

松田先生点上一支被禁的烟，陶醉在自己突然冒出来的创意中——掘口护士长一踏进病房，经过训练的九官鸟立刻张开黄色的尖嘴大叫："掘口是猪、掘口是猪、掘口是母猪。"

昨天起雨不停地下着，两只白色的野猫躲在院子里的大树底下，一动不动地仰视着天空。

到了天色终于放晴的傍晚，又发生了一件出人意料的事情,足以让我们打发无聊的时间。

起初,我们听到从三号病房开着的房门里传来掘口护士长气势汹汹的说话声。

"中川先生,你没搞错吧?医院是治病的地方,不是花鸟市场。光这样我们都忙不过来,哪有工夫照顾你的鸟?"

紧接着是病人低沉、嘶哑的声音,好像在辩解,但听不清说些什么。掘口护士长完全不理会辩解,只是态度强硬地要求尽快处理九官鸟。之后,她"塔塔塔"地踩着运动鞋离开了病房。

护士长的脚步声消失后,松田先生立刻骂了起来。不仅松田先生,就连服部君也叫骂开了,大爆粗口——不准用电热器、不准和访客一起饮食,对这头整天斥责别人的母猪实在忍无可忍,云云。老头被儿子和儿媳抛弃在医院里,就连唯一陪伴在他身边的九官鸟也要被夺走,这着实不近人情。大家对母猪护士长的不满,转而成了对老人的同情。

"这里是奥斯维辛集中营吗?"

"我们不是犯人,是客人。我们付了住院费,不是客人是什么?"

可是,住院的病人和集中营的俘虏一样被强制性地脱下西装,换上睡袍或睡衣。无论是社会上的服装还是饰品统统不被允许。管你在外边是什么科长还是新婚不久的丈夫,在医生和护士的眼里,只是一个病人而已,这最让松田先生和服部君还有我愤愤不平。

要说我的话,虽然我没骂出声,但我对掘口护士长的行为也深感不齿。当然我也十分同情中川先生,更重要的是,她不允许继续养这只帮我们打发无聊时间的鸟,整天把规定、规定挂在嘴边上的蠢猪真的让人气不打一处来。

"我去找护士长评理。"

"走,松田先生、熊谷先生,这是受压迫者的反抗。"

酷爱美国乡村摇滚乐的学生,不知什么时候变成了英勇的革命家。

"等等,等等。"

相对冷静的我拦住了两人。"去之前还是先问一下本人的意愿。不管怎么说,九官鸟的主人是那老爷子。"

我们三个一起来到三号病房。敲门。房间里传来了应答声,嗓子里卡着痰。冷飕飕的房间里,既没有摆放鲜花也没有花瓶。昏暗的灯光下,身穿长棉坎肩的中川老人从床上坐起半个身子,斜视着我们。和服部君说得一样,老人脸色苍白,留着邋遢胡子。地上放着一只蒙了一层灰的夜壶和一只赛璐珞的洗脸盆,还有那只成问题的鸟笼。鸟笼在墙上投射出一个巨大的影子,九官鸟被我们的声音惊吓到了,拍打着翅膀,墙上的影子也在跳动。松田先生说了些问候的话,也表达了我们的心情,老人频频地鞠躬行礼,但就是不说赞成还是反对我们的意见,只是那张消瘦的脸上挂着一丝淡笑,看不出是嗤笑还是冷笑。

随后,我们来到了令人痛恨的掘口护士长待着的护士站。也许我们的脸色已经被前所未有的侠义之心所点燃,那头正在病历上写着什么的母猪吃惊地从写字台后面站了起来。

"想干吗? 你们以为现在几点?"

"护士长,你听说过玛丽莲·梦露说的话吗? 护理是爱。"

"没听说过那些乱七八糟的。"

"那我告诉你,护理是爱。"

我开口了,尽量保持冷静。这一冷静的态度,最终压制住了掘口护士长尖厉的女高音。

"别说了,别说了。"

她委屈地咬着嘴唇。

"我先声明,以后万一出什么事我可不管,请绝对不要

让护士和清洁工帮你们照料九官鸟。当然，我也不会帮你
们照料。”

"行啊。就算你求着，也没有鸟……没有男人想让你
照料……"

Ⅲ

就这样，我们成功夺回了在病房里饲养九官鸟的权
利。从今往后，在瞌睡不断的漫长的疗养生活中，我们可
以和这只鸟做伴，教它说话，愉快地度过每一天。服部君
去向中川老人汇报交涉的结果。老人年老体衰加上发着
烧，服部君请求暂时由我们三人轮流照料九官鸟。的确，
我们三人谁都想将九官鸟弄到自己手上。服部君说，老人
只是沉默地听着他的请求，和先前一样，消瘦的脸上挂着
一丝笑容。我觉得老人看穿了我们的心思，在心里嗤笑我
们的好意。我们那么拼命地为他争取，这让人心情不悦。

第一个照料九官鸟的是松田先生。第二天一大早，他
干劲十足地打扫鸟笼，用水化开粉状的饲料，捏成小手指
大小的丸子。他将鸟食放进鸟笼。九官鸟歪着脑袋，用黄

色的小嘴啄起鸟食吞进肚里。据说用稍大的饲料丸子喂食，更容易让九官鸟开口学人说话。不过，它吞食大一点的饲料丸时，好像卡在了喉咙口，翻起了白眼。

"好可爱啊，和孩子没什么区别。"

"让它学一句话。早上好。早、上、好。"

"松田先生，你一开口就是关西口腔，听说发音太差就不值钱了。"

三人兴致勃勃地闹腾着。除了上午和下午的休息时间和用餐时间，总有人在鸟笼前蹲着。来量体温和打针的年轻护士也会不由自主地在鸟笼前停下，嚷着"啊呀，好可爱呀"。只有固执的掘口护士长板着脸，无视我们的努力。

"给它起个名字吧，怎么样？就叫太郎行不？太郎。"

"太郎太古板了。"

服部君摇了摇头，"叫哈利或者尼卡，听上去洋气。"

最终，我们决定给它取名小黑。秋天温和的阳光下，小黑哆嗦着身体，胸前的羽毛直立着。

过了三四天，松田先生开始抱怨。他说每天要清除鸟粪，味道臭不可闻。九官鸟的粪便和其他鸟类不同，散发着奇怪的气味，这种气味在阳台上飘散开来。

尤其到了夜里，为了不让寒气和露水伤着九官鸟，我们只能将鸟笼取进房间。松田先生说，半夜甚至被房间中的气味熏得从梦中醒来。

无奈，服部君只能接替松田先生照料九官鸟。很快，他的病房里也弥漫着让人窒息的气味，我们不得不开始考虑对策。

"掘口那头母猪，特意跑到我房间来幸灾乐祸。"

松田先生模仿护士长的口气，像她那样缩着身子。

"呀，松田先生，最近你在用夜壶啊？房间里一股厕所的臭味哦。"

不过，既然那天晚上用压倒性的气势击退了母猪，现在就没有退缩的理由。

我们聚在阳台上，愤怒地俯视着鸟笼里的九官鸟。身材只有一只幼鸟那么大小的小黑站在树枝上，尖嘴不停地啄着身上的羽毛，灰色的粪便啪嗒、啪嗒往下掉。

"它什么都学不会，连一句早上好都不会说。"

尽管我们每天都在训练它，但小黑连最简单的寒暄语都不会。有时它的喉咙会里发出"咕噜咕噜"的声音，随后，声嘶力竭地蹦出"咖咖"的一声。

"它会发出咕噜咕噜的怪音。"

"那是九官鸟本来的叫声。"

按照松田先生的解释,九官鸟会发出两种叫声。一种是人教它的声音,比如"花子姑娘"、"早上好",另一种是这种鸟本身的叫声,比如"咕噜咕噜"、"咖咖"。不愧是当科长的,连鸟类学的知识都具备,服部君露骨地说着奉承话。

不过,第二天一早大家就明白了,松田先生的解释是毫无根据的胡编乱造。

当时,我们洗完脸聚在阳台上晒着清晨的阳光,一边闲聊一边等着早餐送来。

病房楼栋之间的院子里,树上的叶子已经变得通红,有的被寒风吹落在地上。

中川先生的房间总是关着的窗户十分罕见地打开了,留着邋遢胡子的斜眼老人从窗户里探出头来。他嘴角一如既往地露着似乎在嗤笑别人的淡淡微笑,朝我们点头打招呼。他仰起脸来,伸长没有肉的脖子,喉咙里发出咕噜咕噜的声音。随后,他张开牙齿残缺不全的嘴巴,将一口痰重重地吐到痰盂里。

服部君看着我,我看着松田先生。松田先生突然转过身去,嗒嗒嗒地跑回了病房。

刚才我们听到的中川老人的吐痰声,和我们脚边的这只九官鸟时常发出的咕噜咕噜、咖咖的叫声一模一样。

"我不知道，不知道。"

被服部君责怪后，松田先生脸上也挂不住了，生气地转过脸去。那个咕噜咕噜的声音，并非松田先生解释的九官鸟本来的叫声，而是九官鸟不知什么时候学会了老人每天清晨的吐痰声，只是我们浑然不知。嗓子里有痰的病人大概不需要模仿鸟叫吧。

原本并不在意的事，一旦真相大白，只要阳台上传来咕噜咕噜的鸟叫声，我便恶心得难以忍受。特别是吃饭时听到这种声音，本来就难吃得无法下咽的医院里的米饭，一下子便哽在了喉咙口。

"什么不好学，大笨蛋……"

松田先生忘记了自己的胡说八道，敲打着鸟笼。受到惊吓的九官鸟拍打着翅膀，紧紧钩住鸟笼。

自那天起，我们见到九官鸟时的心情也变得沉重起来。不仅是因为那个咕噜咕噜声造成的生理上的不快，我们甚至觉得九官鸟也在嗤笑我们这些病人。在健康人看来，这种想法大概十分可笑，但患了肺结核病的病人在社会上的人面前有一种说不出的自卑感。出院后，我们也必定是拖着虚弱的身体遮遮掩掩地生活，干不了常人能干的活。别人一句不经意的玩笑话或者嘲笑，都会让人心惊肉跳。所以，一听到那个咕噜咕噜的声音，我们脑子里闪出的第一个念头就是连鸟都在嗤笑我们。

"大笨蛋，别弄脏鸟笼。"

"又在拉屎了，这个大笨蛋。"

说九官鸟像孩子一样可爱，也就是不久前的事，可是现在，我们三个不管是喂食还是换水，都带着一样的心情对九官鸟骂个不休，也没有人再用"小黑"这个爱称了。"大笨蛋"代替"小黑"成了对九官鸟的称呼。我们之所以克制着烦躁的心情继续照料九官鸟，已经不再是出于对中川老人的同情，也不是对医院非人性规矩的反抗，只是因为不能对掘口护士长缴械。当初那么威武地斥责了护士长，现在想要退缩也无路可退。

过了两三天，服部君声称自己的忍耐到了极限。他说那天下午，一个喜爱乡村摇滚乐的女学生手捧一束鲜花突然来访。她听到吐痰似的鸟叫声好像联想到了什么，露出一脸不快的轻蔑表情离开了。

"那女孩不会再喜欢我了，"服部君愤怒地望着松田，"走到这一步都怪松田先生，你吵着要养鸟、养鸟。"

"你怎么不说自己。当初你不也赞成吗？"

"熊谷先生也有责任。我没有提出要照料九官鸟。都是熊谷先生要去护士长那里逞能。"

三人相互推诿,情绪激动地争吵。在不停争吵的过程中,大家越来越无法接受的是争吵的起因竟然是一只鸟,为它而伤了彼此的感情。

"中川那老头才不是东西,我们帮他照料九官鸟,他却像个没事人似的。"

突然,松田先生说出了大家没意识到的问题。服部君和我一脸惊诧地望着松田,为什么我们三人都忽略了这个事实?

不错,追本溯源的话,所有的错都在中川老人身上。老人把九官鸟带到了我们平静的疗养生活中,这才是错误。难道不是脸上挂着冷笑的他自己钻在暖洋洋的被窝里,却将喂鸟、打扫粪便的事情都推给我们了吗?

仔细想一下这个道理,其实我们也够自说自话的,不过,要想平复各执一词的我们三人的情绪,把枪口指向中川老人是最好的办法,我想。这是我过去在工厂工会工作时掌握的诀窍。爱固然具有凝聚力,可是恨也能让人团结起来。

"中川先生也太狡猾了。尽让我们替他干活,连一句谢谢都没有,那种性格,当然要被儿子和媳妇嫌弃。"

我脑中又浮现出我们第一次去中川先生房间时挂在那张消瘦脸上的冷冰冰的笑。

"如果他发烧不能照料九官鸟的话,至少晚上让他把鸟笼拿回自己的房间。"

我们三个都佯装不记得是我们自己要求照料老人的九官鸟这件事。没有任何理由只让我们来忍受每天夜里充斥在病房里的恶臭。

那天晚上,我们故意大声交谈,想让他知道我们打算将九官鸟提到他的病房,没办法隔着阳台照料九官鸟。

半夜醒来,我被好奇心驱使着走到洒满月光的阳台上。鸟笼不见了。中川先生的房间里也听不到鸟的动静,但中川先生的确还没有睡下。不和任何人交往、养着一只九官鸟的老人的孤僻性格十分不可思议。直到此时我终于发现,那只九官鸟的气味和老人身上的气味十分相似。

IV

老人每天清晨"哈、哈"喘着粗气将鸟笼从病房提到自己的阳台上。他身上裹着有点脏了的长摆棉坎肩,吃力地放下鸟笼，用斜眼瞥了我们几个一下。早饭前在阳台上做深呼吸的我们，急忙避开他的视线。

"有那么重吗？故意上气不接下气地做给我们看吧。"

松田小声道，我们重重点头表示赞同。我们三个想，就一只鸟笼，也不至于累得气喘吁吁，一定是老人故意气我们。

但是，每天看到身上发烧、喉咙干咳着的中川老人早晚两次搬动鸟笼，打扫九官鸟的粪便，心情难免沉重。尽管自己没有做错什么，可是胸口的感觉还是像针扎那么疼痛。

（这么需要人照料的小动物为啥要带到医院里来呢，拿回家多好。医院有医院的规矩……）

这些话刚要出口，我忽然意识到，这些都是掘口护士长那天和中川老人说过的话。而我们为了中川老人，反对的正是医院的这些大道理。

不仅是我，服部君和松田先生应该也想到了这些，之所以不说出口，一定是三人都同样感到了内疚。

事已至此，我们只能相信老人的一举一动都在指桑骂槐，故意气我们。

不幸的是，U字形的住院楼总是刮着东风，西、南、北三个方位被研究所和住院楼填满了,所以中川先生放在阳台上的鸟笼散发出来的气味隐隐飘进了我们的病房。

就算我们能忍受不知是中川老人的体臭还是九官鸟身上的臭味,但那种"咕噜咕噜"和"咖咖"的声音好像就在耳边,听得一清二楚。有时我们聊着天,一听到这种声音便会皱起双眉,停止聊天。

有一天午后的休息时间,忽然,秋风将九官鸟的另一种叫声传到了我们的耳朵里。

"大……蛋!"

"大……蛋!"

起初,我们只听见它在喊"大"和"蛋"两个字,中间的那个音听不清,仔细辨认后,那个音变得清晰起来。

"大、笨、蛋!"

九官鸟高喊的是这个词。我第一次听到九官鸟嘴里发出人的声音,那声音听上去不仅歇斯底里,而且十分阴郁。我从床上起身,敲打房间的板墙,服部君大概也听到了九官鸟的叫声,回敲了几下板墙。

我立刻意识到九官鸟是什么时候学会这句话的。自从那天起,我们为九官鸟喂食、换水变得很不情愿,干活时总在骂它"大笨蛋"。

　　当然，没人打算教它说这句话，一定是我们三个不停地用这句话骂它，不知不觉中被它记在了脑子里。所以，今天它扯着破嗓喊出了"大笨蛋"三个字，听上去就像在拿我们开涮。

　　难道这不是很奇妙的事吗？我们照料它期间，这只蠢鸟从来没有说过"大笨蛋"，一回到中川先生手中，它竟然发出这样的声音。

　　"我觉得呢，"

　　松田先生开口道：

　　"这也是老头要故意气我们。"

　　尽管我觉得这难免有点想过头了，可是中川先生在九官鸟跟前说自己儿子夫妇坏话的事倒也有所耳闻。那种挂着一脸歪笑的老人，对着九官鸟说我们几个不再照料它的人的坏话也不是不可能。

　　秋天的气息逐渐浓郁起来，最近，能从住院部大楼和研究所大楼远眺富士山的日子也变多了。两只野猫在落叶缤纷的院子里不停地跑动。那两只野猫从不去院子以外的地方。没人给它们喂食，可它们照样活得很好。

　　我有时半夜里忽然醒来。最近一段时间，我在认真思考中川先生的事。我似乎明白了，被儿子夫妇像抛弃在养老院那样送进医院的老人为什么要养一只九官鸟。我在夜色中睁着双眼，眼前浮现出老人的身姿，他静静地听着鸟笼里的九官鸟站在树枝上偶尔发出的声音。我甚至觉得自己可以想象老人对着鸟儿自言自语。

（这么说来，我们并没有对不起老人。）我内心不停地为自己辩解。（因为我们把九官鸟还给了老人。）

我很快就要出院了。如果出院前的身体检查都合格的话，我下个月，也就是入冬前就可以回家了。

"不好了，出大事了。"

第二天傍晚，松田先生跑进我的病房。

"我刚才听菊地护士长说的，吓死我了。那老头是严重的开放性病人，加夫基 7 号①呢。"

开放性病人指有可能将杆菌传染给其他人的患者，加夫基 7 号意味着杆菌数量十分庞大。

"你说什么？"

我的脸色也变了。我们这些病人比健康人更害怕开放性病人，虽说这有点荒唐。经过长时间的治疗，好不容

---

① 结核杆菌检查阳性度，分为 1 号至 10 号，数值越大表示杆菌越多。——译注

易可以出院了,在这种时候倘若被开放性病人传染上的话怎么受得了,这种恐惧感自然更甚。

"那么说来,接触过老头九官鸟的人都有可能被传染吧?"

服部君也来到我的房间,一脸不安地东张西望。他大概在想,这间病房里也放过九官鸟的鸟笼,可能也很危险。

"别乌鸦嘴。"

"反正别靠近那间病房。好不容易好了,复发的话就惨了。"

明明大家患着一样的疾病,却把开放性病人当成另一个世界里的生物,这真是件不能更奇怪的事了。我们三人压低嗓门说着,决定尽量不去接触老人,也不和他说话。

于是,中川先生在我们眼里不仅是个老人,甚至成了不祥的生物。尽管想法有点不近人情,可我们也有家人,还要活下去。

一大早,中川先生抱着鸟笼出现在阳台上,我们立刻鼠窜般地散开,回到自己的房间。当然,我们还不至于觉得见到人影就会被传染上,但毕竟小心驶得万年船。我们真心把中川先生当成不洁之物了。

"咕噜咕噜"、"咖咖"的鸟叫声不时传入耳中。自从知道老人是开放性病人后，九官鸟的叫声变得愈发让人讨厌。被风刮来的隐隐的气味，也比过去更加不堪忍受。有时，九官鸟会突然想起什么似的叫道：

"大、笨、蛋！"

V

10月初，我接受了出院条件之一的支气管镜检查。这是在住院后立刻和出院前都必须接受的检查项目。一根装着支气管镜的金属管插入呼吸道，极其难受。

我走到检查室门口，遇到了从其他住院楼来的七八个病人。大家坐在走廊的长椅上，所有人脸上都流露着不安的神情，有人在不停地轻抖着大腿。

"痛苦不痛苦你都没法说出来，一根又细又长的铁条插在喉咙里呀。啊？你要是乱动的话，就会被护士按住。"

老病人照例吓唬第一次做这种检查的病人，他们通过这种办法从新病人身上获得奇特的优越感。

轮到我了。我走进检查室，先是被打了一针，口腔和咽喉注入了麻醉剂。嘴唇和舌头开始发麻，如同智障那样淌起了口水。护士用白布把我的眼睛蒙上,让我躺倒在一张陈旧的大床上,中年护士用粗壮的手臂按住我身体。很长的硬管插进我张大的嘴巴,剧烈的疼痛在胸腔中扩散。

经过一段很长时间的痛苦后,我用纸擦拭着眼、鼻涕和嘴唇,正准备离开检查室,听到了身后罐子和金属器具散落在大床上的声音。戴着口罩的医生匆忙抬起身子,护士正使劲地支住一个病人的身体。

"樟脑磺酸钠,快注射樟脑磺酸钠!"

我发现倒下的病人穿着我见过的长棉坎肩。是中川老人。老人的脑袋耷拉在护士手上,脸色和纸一样苍白,口中吐着泡沫。

回到病房后,我一动不动地在床上躺了很久。

服部君不时地隔着阳台向我张望,我将手指放在嘴唇上向他摇头。注射的麻醉药还残留在体内,我感到手足乏力,有种类似于晕船后的恶心感。

等到人变得轻松起来时,阴冷的夜色已经笼罩上了窗台。

"感觉怎么样?"

服部君和松田先生来看我。

"还有些头痛。医生说我支气管手术的刀口恢复得很好。"

"那太好了。"

松田先生露出了一丝嫉妒的神色。"中川那老头怎么样了？现在还没回来。"

他说中川先生在我之后去了检查室，还没有回病房，我也开动脑子回忆着，边把之前看到的情形告诉了他们。

"好像是轻微麻醉休克。毕竟那么大年纪了……"

在检查室里注射麻醉药后，二十个病人中有一人会出现这种窘态。服部君和松田先生吹着《桂河大桥进行曲》口哨，玩起了花牌。

到了熄灯的时间，中川老人的病房依然没有动静。

外面淅淅沥沥下起了小雨，不能对中川先生放在阳台上的鸟笼坐视不管，我们拿着脏兮兮的包布走出了病房。服部君用手电筒照着九官鸟，九官鸟竖着胸毛站在树枝上，看样子很冷。它幼小的身体颤动了一下，黑色的眼眸望着我们，突然——

"咖、酱①。"

九官鸟叫了起来，声音低沉而嘶哑。这一次和之前的

---

① "咖酱"是日语"妈妈"的发音，是对母亲的爱称。——译注

大叫声不同,很像老人阴郁的声音。

　　声调有些哀怨,似乎还夹杂着某种哀求。一定是中川老人教会它说这个词的,我们没有察觉到而已。

　　"咖酱啊,是老头叫他已经死了的老婆吧①。"

　　松田笑道。

　　"这把年纪了,晚上还会想老婆?"

　　"想不到老头还挺有意思的。没准他就是那样喊着老婆干那事的。"

　　我们说笑着,随心所欲地想象着老人的秘密。时隔多日,我们又体味到了对中川先生的好意。

　　三人回到各自的房间,熄灯时,阳台上的九官鸟又低沉哀怨地叫了起来。

　　"咖酱。"

　　这次我也听得十分清晰。我完全明白了,孤独的老人为什么饲养九官鸟,夜晚他在病房里对着九官鸟在倾诉什么。咖酱。老人在向先走一步的妻子倾诉自己当下的痛苦。或许这个咖酱,是早就离世了的老人自己的母亲。不

---

① 日语中,咖酱(即妈妈)既可以称呼自己的母亲,也可以称呼自己孩子的母亲。——译注

管是妻子还是母亲都没关系。这个身患肺结核的老人，一定是在向他漫长的人生中给过他温暖的两个咖酱倾诉。

熄灯后，住院大楼回归了宁静，只能听见走廊的尽头什么人上厕所时开门的嘎吱声和拖鞋声。讨厌啊，真讨厌这种沉闷的生活。我讨厌除了给我痛苦再没有其他什么的住院生活。我摇着头，拧开可携式收音机的开关，聚精会神地听着收音机里播放的漫才[①]。

第二天清晨，天放晴了，天色蓝得有点炫目。鸟笼和包布被昨晚的小雨打湿了。

"早啊！中川先生怎么样啦?"我特意打起精神用轻快的声调对来清理病床的护士菊地小姐高声道。"鸟笼的包布全湿了。"

菊地小姐露出为难的表情，匆忙避开我的视线。她正要将装着甲酚皂溶液的水桶往地上放。

"嗯?"

我倒吸了一口冷气。

"不是吧，菊地小姐。不是真的吧，你快说呀!"

水桶掉到地上，发出沉闷的撞击声。

_____

① 类似于中国相声的曲艺节目。——译注

"中川先生昨晚在检查室隔壁的手术台上去世了。麻醉过敏性休克后，给他注射了樟脑磺酸钠，但没有醒过来，外科医生马上给他做了开腔心脏按压，也已经晚了。"

晴好的秋日，白色的研究所大楼和昨晚被雨淋湿后尚未干透的住院大楼对面，富士山清晰可见。两只野猫在堆着黄色落叶的院子里撒欢。散发着酱汤气味的配餐车嘎吱嘎吱地经过走廊。我们三个聚在阳台上，一言不发，不时地打量一下中川先生的房间，又把目光落在用包布遮盖着的鸟笼上。此时，包布下面传出了我们熟悉的"咕噜咕噜"、"咖咖"的声音。

"咖、酱！"

这是中川先生生前的声音。

老人死了，天色却是如此湛蓝，晴得晃眼，太不可思议。老人死了，却好像什么都没有发生，落叶在寒风中飘散，两只野猫在欢快地嬉闹，配餐车从走廊里经过，太不可思议。老人死了，九官鸟却说着和老人一模一样的话，让人毛骨悚然。

"我受不了了，"服部君回头望了一眼鸟笼，"我不想再见到这只鸟。"

随即，我们三人带着同样的心情沉默了下来。松田先生咬着手指甲，陷入了沉思。

大家有没有想象过自己临终时的那个地方？想必会是在医院吧。大家知道当一个人死后医院会是什么样子吗？其实十分简单。到了下午，来了三个护士，她们打扫完中川先生的病房，收拾好他的遗物，那个儿子就像先前那样将这些遗物搬到平车上，然后放在他的车上带走。

接着，掘口护士长来为这间无人的病房消毒。中川先生的名字就此在患者名单上消失。忙碌的医院，没工夫为某个人的去世震惊和哀伤。一切都必须按照规矩，有条不紊地进行。

"什么？让我把九官鸟拿走？"

护士长又揶揄起松田先生来了。

"你们不是说要照料九官鸟吗？难道你们没说过？"

"话是这么说……可那是中川先生的鸟，不是我们的。"

"我不是说了吗，中川先生的儿子说就送给大家了，就当感谢大家帮忙照料九官鸟的礼物。当然，我可不清楚你们是怎么照料九官鸟的……"

"中川先生也不在了……我们可不想找麻烦。"

"咦，你们不记得玛丽莲·梦露说过的话了？照料九官鸟是爱。"

　　就这样,九官鸟留给了我们三人。我们不得不捏着鼻子打扫鸟粪、清洗鸟笼、添加鸟食。晚上将鸟笼提进房间,熏人的气味充满整个病房,分不清是中川老人的体味还是九官鸟的体味。每当用餐时,一听到类似于那个吐痰声的"咕噜咕噜"和"咖咖",便忍不住放下手中的筷子。

　　这些还算是好的。自从中川老人死后,面对九官鸟,我们三人的心情变得愈加沉重起来。"沉重"一词或许用得有点奇怪,但那是我们的真实感受。

　　阳台上关在鸟笼里的这只竖着胸毛的黑鸟,让我们情不自禁地想到中川老人挂在脸上的一丝冷笑和我们的自私行为。

　　(不就是一只鸟吗?)

　　即便这么想,每当九官鸟发出"咖酱"的叫声,我总会觉得有个孤独的老人在我耳边倾诉。他在倾诉什么? 在埋怨谁? 我无法清楚地表达出来。也许他在埋怨儿子和儿媳。

　　也许是在埋怨我们。尽管这算不上什么,但只要一见到九官鸟,我们三人的心情就会变得十分沉重。

　　"我说,还是把它扔了吧。"

近几天,实在忍不下去的服部君几次打开鸟笼要将它轰走。

九官鸟犹如身体臃肿的中年妇女那样迈开小脚走几步,就是不飞起来。不幸的是,我们竟然忘了它被剪断了翅膀。

"嘘——嘘——"

三人轰着九官鸟。它走了两三步,"啪嗒"——灰色的鸟粪掉了下来。

"大、笨、蛋。"

已经成了家禽的九官鸟不愿逃走,它在阳台上随意走动,鸟粪洒了一地。它肚子饿时,将那张奇怪的脸探进我们三个房间的窗口,打算觅食。

随即,它发出嘶哑的叫声。

"大、笨、蛋。"

前 日

　　很久以前我就想搞到那幅"踏绘"①。就算搞不到，也至少想看一眼。那幅"踏绘"是长崎县彼杵大明村的深江德次郎的收藏品，铜版上刻着十字架上的耶稣像，镶嵌在宽二十公分、长三十公分的木框中。

　　这是"浦上四番崩②"时使用的物品之一，那次事件可称为日本对天主教徒最后的迫害。按照安政五年缔结的

---

① 江户慕府禁止人们信仰基督教所采用的手段，即令百姓践踏圣母玛丽亚或基督圣像，以表明非基督徒身份或弃教。该圣像称为"踏绘"。——译注

② 1867 年发生在长崎浦上的第四次幕府镇压天主教徒事件。——译注

日美条约,使用"踏绘"理应是被禁止的,但发生在那之后的那次镇压行动中还是使用了这一手段。

我之所以想搞到这幅"踏绘",是因为从天主教有关的小册子上读到了在"浦上四番崩"事件中遭殃的彼杵郡高岛村的藤五郎的故事,我对此产生了浓厚的兴趣。小册子的作者几乎没有将重点放在藤五郎身上,只是叙述了"浦上四番崩"事件,但我读完小册子仅仅是因为对藤五郎的兴趣。

正巧我在学生时代就认识的N神父住在长崎,我便给他写了一封信谈到我对藤五郎的感想,神父在回信中提到了"踏绘"。他告诉我,大明村属于他管辖的教区,村里名叫深江的人藏有当时的"踏绘"。深江先生的祖父是镇压天主教徒的官员。

不过,我在接受第三次手术的前一天有幸得到了亲眼目睹"踏绘"的机会。我朋友井上神父去了一趟长崎,带回了"踏绘"。他这么做并不是为我,而是为了将它保存在四谷的J大学天主教徒文库中。对我来说虽然有些遗憾,但那是非常珍贵的资料,我也无计可施。井上神父在将"踏绘"交给文库前给我妻子打了电话,说可以让我看上一眼。

我在病房里神智迷糊地等井上神父上门。由于到了圣诞节前夕,从屋顶平台上传来排练大合唱的喧嚣声,她们大概是护士学校的学生。我不时眯缝着双眼,倾听遥远的歌声,随后又闭上眼睛。

好像有人打开了病房的门,我以为是内人,不过她忙着为我准备明天的大手术,这个时间应该不会来病房。

"谁?"

眼前出现的是一个头戴登山帽、身穿夹克衫的中年男子。我不认识他。我上下打量他,先是脏兮兮的登山帽,往下是毛茸茸的夹克衫,最后视线落在了他宽大的长筒靴上。啊啊,应该是井上神父派来的人,我寻思。

"您是教会的人吧?"

"呃?"

"是神父派您来的吧?"

我微笑着说。男子眯着眼睛,露出奇怪的神色。

"我听大房间的人说,您可能会买……"

"买? 买什么?"

"六百日元四张。还有书,不过今天没带来。"

不等我回答,男子扭了一下腰,从裤子口袋里取出一只小纸袋。纸袋里有四张边角泛黄的图片。

可能是图片洗得不好,周边泛着黄色。画面上,男人的昏暗躯体和女人的昏暗躯体相拥在一起。看上去是在郊外阴冷的旅馆里，床边上孤零零地放着一张椅子。

"明天不是要动手术吗?"

"所以呢?"

男子并没有说明天你要受苦之类的话，而是将图片在手掌上刮着。

"就要动手术了，买一张避避邪。买了这些画，手术一定能成功。我说得没错吧，先生。"

"你常来这家医院?"

"我负责这里。"

不知是在佯装还是发自内心，头戴登山帽的男子犹如医生般地铿锵回答"我负责这里"，语气好像我是他主治的病人。我对他产生了好感。

"不行不行，这些图片太无聊。"

"啊……"男子露出了不悦的表情，"这都不行的话，那要什么样的才行。你这人。"

我把烟盒递给他，男子点上烟说开了。

他解释道，没有人比住院病人更想看这种图片和书了，因为他们很无聊，而且警察也不会发现。医院是再合适不过的地方，所以他们一伙人分头出没于各家医院。动手术的病人买下这些图片，可以辟邪。他负责这家医院。

"不久前，住进三十号病房的老爷子，手术前看了这些图片说，啊，这下不留什么遗憾了。"

我笑了。比起那些带着一脸愁容轻轻推开病房门的家人，这个男子是今天最让我开心的探视者。男子抽完了我的烟，又拿起一根夹在耳朵上走出了病房。

他离开病房后，我的心情一下子变得愉快起来。神父没来，他来了。"踏绘"没来，黄色图片来了。我本当在今天思考很多问题、整理很多事情。明天的手术与前两次不同，由于胸膜粘连，估计会大量出血，发生危险。就连医生都让我自己决定是不是手术。我原打算今天一天紧绷着张脸，傲气被这个男子挫败了。不过，那种四边泛黄的昏暗图片，还是证明了上帝是存在的。

藩警向高岛村发起进攻时，村民正在做晚祷。村里当然安排了岗哨，可站岗的村民敲响警钟时，警察已经蜂拥而至举行晚祷的农民家里。

当晚，趁着月色，十个男人即刻被带到了浦上，走在前头的是两个百姓头领。不知究竟是幸还是不幸，其中就有藤五郎。大家内心十分不安，预感会被藤五郎出卖。不错,这个男人在对天主教信仰非常虔诚的村子里十分令人头疼。人高马大的藤五郎其实是个胆小鬼。

过去,邻村的年轻人曾故意找他挑衅打架,个头比人高出一倍的藤五郎被按倒在地上,浑身被扒得只剩一条兜挡布回到高岛村。他完全没有抵抗,并不是出于"有人打你的右脸,连左脸也转过来给他打"的基督徒的勇气,而是因为害怕对手。这让高岛村的村民们对他极其鄙视。因此,到了三十岁也没人愿意嫁给他,他一直和母亲生活在一起。

十个人中,嘉七是村里身份最高而且很有威望的人。在浦上受审的前夜,嘉七特地鼓励藤五郎。嘉七言道,天主和圣玛利亚一定会赐予我们力量和勇气。在这个世界上受苦受难的人一定会在天国获得重生。藤五郎犹如丧家犬一样胆怯地望着大家,在大家的催促下一起唱起了"信经的祈祷""我们在天上的父"。

第二天一大早,浦上的"代官所①"开始刑讯。五花大绑的村民们被衙役们牵着,一个个被带到了地上铺着石子的冰冷的审讯场地。此刻,衙役们使用了"踏绘"。宁死不

---

① 即江户幕府设立在地方上的行政机构。——译注

屈的村民受到弓的毒打,而藤五郎在弓挥起来之前就把他那肮脏的脚踩到了"踏绘"上的基督脸上。蓬头垢面、浑身是血的嘉七等九人,用动物般哀怨的目光注视着眼前的一切,只有藤五郎一人被衙役推出了代官所的门外,获得了释放。

"刮毛采血。"

护士手中端着金属盆和注射器走进了病房。明天要动手术的地方需要刮掉汗毛,还要做血型检测,为输血做准备。

脱下上身的睡衣,冰冷的空气一下子渗进了肌肤。我举起左手,克制着护士的剃刀游走在腋下引起的想笑的感觉。

"痒死了。"

"洗澡时好好洗洗这里,尽是泥。"

"这地方不能碰。做了两次手术,感觉怪怪的,不能搓。"

我的背上,从肩膀到腋下有一条长长的刀口。由于动过两次手术,那个伤口部位隆起。明天,不出意外,冰冷的手术刀将再次落在那个地方,我浑身上下将会鲜血淋漓。

　　除了藤五郎,另外九人都不愿弃教,暂时被投进长崎的牢房。第二年的庆应四年,他们被带上了从长崎出发的船只,送往离尾道很近的津山。傍晚下起雨来,大雨打湿了没有顶篷的小船,只穿着被俘时穿着的衣服的囚犯们,用手相互搓着身体用以驱寒。小船正要离开长崎时,有个名叫文治的囚犯发现了码头上有个搬运工装扮的男人。

　　"啊,那不是藤五郎吗?"

　　藤五郎站在远处向这里窥视,目光中流露着和叛变时同样凄楚哀伤的表情。大家犹如见到了不祥之物,立刻移走了视线,没人开口说话。

　　关押九人的牢房在距离津山十里路程的山里,从牢房可以看到衙役们的家和小池塘。起初几乎没怎么审讯,衙役们对囚犯的态度比较宽大。一天可以吃到两餐,对于这些贫困的百姓来说倒是值得庆幸的。衙役们脸上带着友好的笑容,开导他们,只要放弃邪教,就能吃到可口的饭菜,穿上暖和的衣服。

　　这年冬天,牢房里突然送来了十四五个新囚犯。他们是老家高岛村的孩子们。对于官方这一出人意料的举动大家感到很吃惊,同时又为见到久别的亲人而兴奋不已。

可是很快,大家便不得不将这一行动理解为将孩子作为人质的心理刑讯。

隔壁关押孩子们的牢房里不时传来哭声。有天下午,名叫藤总的囚犯将脸颊靠在牢房的小窗户上,他看见两个瘦小的孩子用手抓住蜻蜓,塞进嘴里。他明白了,衙役几乎没有给孩子们吃像样的食物。九个男人听了藤总的话哭了起来。

他们恳求衙役,哪怕将自己吃的"上等饭菜"分一半给孩子们,但没有得到应允。衙役说,只要放弃了邪教,不仅是你们,孩子们也都能吃得白白胖胖地返回老家。

"可以了。"

针头拔了出来。我轻柔着针头拔出后留下的小孔,护士将装入血液的试管提到眼睛的高度,在光线下观察。

"你的血很黑呀。"

"黑不行吗?"

"没说不行,我只是说很黑。"

护士刚离开,来了一位身穿白大褂的我不认识的年轻医生。我正欲起身——

"不用不用,就那样躺着。我是麻醉科的奥山。"

明天动手术时有专门的麻醉医生在场，说的就是他自己。他走形式般将听诊器贴在我的胸部——

"之前的手术，有没有麻醉很快失效的情况？"

之前的手术拿掉了五根肋骨。我清楚地记得，手术结束的同时麻醉失效了，我胸口犹如万箭穿心般地疼痛。我将这一情况告诉了麻醉医生。

"这次请至少让我睡上半天吧，太痛了。"

"我尽力，"年轻医生抿嘴一笑，"而为吧。"

一旦衙役们确信男人们绝不改宗①，便开始用刑。九个人被分别装入一只小箱子里。人待在箱子里只能席地而坐，身体无法动弹。只有脸的部分挖了一个孔便于透气。除了解手，囚犯们不被允许离开箱子。

冬天临近了，由于寒冷和疲惫，囚犯们的身体开始变得虚弱。与此相反，隔壁孩子们的牢房里开始传出笑声。衙役毕竟也为人父母，他们还是给孩子们提供了饮食。九个男人，在各自的小箱子里默不作声地倾听孩子们的笑声。

---

① 即放弃信仰天主教，改为信仰佛教。——译注

十一月末，名叫久米吉的囚犯死了。久米吉在九人中最为年长，无力抵抗寒冷和疲惫。嘉七对久米吉十分敬重，关在牢房时，无论遇到何事他都首先征求久米吉的意见，因此，久米吉的死对他来说是一个沉重打击。他从箱子上的洞口探出脸来，嘉七感到自己的内心变得脆弱起来。他开始憎恨背叛了大家的藤五郎。

此时，门又打开了。是神父？不是。又是那个头戴登山帽、身穿夹克衫的男人。

"大哥。"

"原来是你啊。"

"这个给你，当护身符。"

"我说了不买。"

"不是图片。这个送给你，不要钱。作为交换，如果大哥的手术成功了，就请你买我的图片和书。"

随后，他压低嗓门——

"大哥，我还能给你找个女人。你这里不允许探视，门可以上锁，有床，不会有人发现。"

"是、是。"

他将手中握着的东西放在我床上，出了房间。我定睛看去,是只有点脏了的圆头圆身的木质小偶人,大概是因为握在男人手里被汗水和油腻弄脏了。

　　冬天如期而至,囚犯从小箱子里被放了出来,早晚寒气逼人。山坳里传来什么东西的断裂声,是树枝被寒气冻裂的声音。夹在牢房和衙役们的家中间的小池塘结起了薄冰。

　　临近黄昏,衙役从八个男人中带走了两个囚犯,清一和辰五郎。他们被推进了结冰的池塘,头部一露出水面,便被竹竿戳沉下去。这种刑罚极其残酷。昏死过去的清一和辰五郎被衙役拖回牢房。其余六个囚犯附和着嘉七的声调不断念道:"万福玛利亚。"祈祷至尾声,大家哽咽了起来。

　　天主圣母,为我等祈。以致我等,幸承基利斯督,所许洪锡。

　　此时,嘉七透过牢房的窗户隐约看到了一个身材瘦弱的男人怯生生地向四处乞食的身影。蓬头垢面、流浪汉似的男人转过身子时,嘉七不禁叫了起来——

　　"藤五郎。"

　　藤五郎不停地摇着头对驱赶他的衙役说着什么。一会儿一个衙役又叫来另一个衙役,两人说了一会儿话,把藤五郎带到了牢房中仅空着的一个房间。

"你们的同伙。"

官员说着,带着一脸疑惑的神情离开了。八个囚犯默不作声地竖起耳朵听藤五郎那边的动静。

"你怎么来了?"

嘉七代表大家打破了沉默,这也是大家想知道的。嘉七内心被难以名状的不安笼罩着。他寻思,藤五郎难道不是官方派来的奸细? 即使不是奸细,他会不会使得大家已经脆弱的意志彻底崩溃。嘉七从死了的久米吉那里听说过官方使用这种狡诈的手段。

藤五郎的回答出乎大家的意料,他小声说自己是来自首的。

"你来自首……"

被囚犯们一嘲笑,藤五郎立刻结巴地为自己辩解。嘉七打断藤五郎,警告他说,你不知道这里会动刑? 如果要给大家添乱的话,还是趁早回去。藤五郎沉默了下来。

"你不怕吗?"

"怕,"藤五郎低声道。

听好了……你怕受刑的话,赶快离开。听了这话,藤五郎开始说起奇怪的话来。他说自己之所以来这里,是因为听到了一个声音。自己确实听到了那个声音。那个声音要自己去一次大家被关押的地方。去大家所在的津山,倘若禁受不住刑罚,"可以逃走",那个声音恳求自己务必去一次津山。

只有树上枝条的断裂声打破了山中夜晚的宁静,囚犯们凝神地听着藤五郎说话。

"这些都是藤五郎编出来的吧,"有个男人嘟哝道。他觉得两年前藤五郎背叛了大家,为了求得伙伴和村里人的原谅而编出了这个故事。这次更是有了借口,害怕受刑就可以逃跑。嘉七对此则是半信半疑。他整夜难以入眠,留意着藤五郎的动静。

第二天,藤五郎被衙役们拽了出来,推入池塘。嘉七和其他囚犯听着藤五郎孩子般的哭叫声,唱起了"信经祈祷",祈祷天主赐予这个胆小鬼以力量。可是,最后大家听到的是和大家的愿望相反的声音,藤五郎向衙役发誓,背叛信仰,他被人从池塘里拉了上来。

嘉七此刻却安心了下来,昨晚自己对这个男人的疑问确定是错了。"这样就好,这样就好,"他想。藤五郎被衙役直接放走了,之后,他的行踪无人了解。明治四年,八个囚犯经新政府之手得以释放。

　　井上神父来了。和之前那个拿着黄色图片来兜售的男人一样，他轻声打开房门走了进来。外面应该很冷，可他没有血色的脸上隐隐渗着汗水。我们从学生时代起就是朋友，一起在客货轮的船底下，躺在苦力和士兵中抵达了法兰西。

　　"真是对不住你。"

　　"踏绘不行吧？"

　　"是的。"

　　他说接到上级的命令，由其他神父将"踏绘"从长崎送到J大学的天主教徒文库。井上的额头上有一颗暗红的痣。在平民街区的小教会里担任副祭的他，外套的袖管磨破了，黑裤子的膝盖部位破得拱了起来。和我意料中的一样，井上的模样和戴登山帽的男人有异曲同工之处。不过，我没有告诉他那个男人的事。

　　井上说他去看了那幅"踏绘"，木框已经烂了，涂了绿粉的铜版耶稣像应该是浦上村子里的工匠制作的。那张脸庞磨损得分不清眼睛和鼻子，仿佛孩子们的涂鸦。这幅"踏绘"就随意地放在大明村深江先生宅子的仓库里。

　　他抽着烟说起了其他话题。我向井上神父提了一个问题,和《约翰福音》中最后的晚餐场面有关,这也是很久以来一直困扰我的问题。我的疑问来自耶稣将一块饼递给犹大时说的话。

　　"耶稣就蘸了一点饼递给加略人西门的儿子犹大……耶稣便对他说,你所做的快做吧……"

　　"你所做的快做吧",指的当然是犹大背叛和出卖自己的行为。那么,耶稣为何没有制止犹大,而耶稣此刻说的话听上去很冷酷,这就是我一直想搞清楚的问题。井上神父说,这里反映的是耶稣富有人性的一面。耶稣虽然爱着犹大,但难以掩饰与这个男人同席的厌恶感。神父认为,这种心理与我们遭遇自己心爱的女人背叛时爱恨情仇交织在一起的情感非常相似。我反对道:

　　"这里好像不是命令式的口气。会不会是翻译越来越偏离原著了。……你终究会那么做,你别无选择,所以你尽快动手吧。正因为这样,才有了我的十字架,我将背负十字架。耶稣的话里难道没有这层意思吗?耶稣很清楚人无法避免的罪孽。"

　　刚才从楼顶上传来的合唱声似乎已告结束,下午的医院回归了宁静。尽管井上神父不同意我的观点,我还是执拗地坚持我自己的异端邪说。忽然,未能亲眼看见的"踏绘"又浮上了脑海。我想在上手术台前看上一眼,但我无能为力。按照井上的说法,镶嵌在腐烂的木框中的耶稣铜版像已经磨损了。耶稣的容颜在人脚的践踏下逐渐变得伤痕累累。但是,受伤的不仅是铜版上的耶稣,还有藤五郎。我似乎能明白,当他踩过那块"踏绘"时,他的脚是多么疼痛。这一人类的痛苦也传达给了铜版上的耶稣。他无法对人类的痛苦坐视不管。于是,在怜悯心的驱使下,他小声说出了"你所做的快做吧"。容颜被践踏的人与践踏他容颜的人,就在这样的关系中一直活在当下。

我还模模糊糊地想着刚才头戴登山帽的男人带来的四条边上已经泛黄的图片。犹如一团漆黑中男人昏暗的肉体和女人昏暗的肉体呻吟着相拥在一起那样,铜版上耶稣的脸庞紧挨着人的肉体,两者竟然如此令人惊讶地相似。这是周日午后,在煮着果酱、香气四溢的教堂后院里修女们教孩子们读的《天主教要理》(很久以来我一直很不屑于读这本书)中写着的内容,我花了三十年的时间却仅学到了这么一点。

神父离开后,我又在床上躺下等着妻子出现。微弱的阳光偶尔透过灰色的云层照进病房。电热器上的药罐冒着水蒸气。好像有什么东西滚动发出了轻微的声响,我睁开眼睛瞥了一眼病床,是戴登山帽的男人送我的护身符——一只木质小偶人,犹如我的人生一般略微有些肮脏。

四十岁的男人

I

能势觉得,人有时会想自己大概在什么时候死,但几乎不会想象会在什么地方或者什么样的房间里咽气。

医院里一旦有人去世,便会像发邮件那样把尸体打成一个小包裹。

有天黄昏,隔壁病房身患大肠癌的男人死了。家里人的哭声持续了一段时间。不久,护士将死了的男人搬上运尸车,送进了太平间。第二天一大早,打扫卫生的女人来到那个空房间,一边哼着歌一边进行消毒。

下午,又有病人住了进去,谁都不会告诉他昨天傍晚有个人死在这里。新来的病人也不会留意这一事实。

晴空万里。医院里就像什么都没有发生过似的一如既往地送来了午餐。窗外的大街上依然车水马龙,每个人都装得气定神闲。

距离第三次手术还有两周时间。这天他让妻子买来了一只九官鸟。和十姐妹、金丝鸟不同,这种鸟价格昂贵,当能势给鸟起了个名字时,妻子的脸上露出了浅浅的困惑的表情。

"嗯,好啊。"

因照顾病人而变得憔悴的妻子脸上硬是挤出了笑容,她点了点头。

在生病的这段时间里,能势几次见到妻子这种笑容。医生将药液未干的 X 光片放在灯光前说:

"这个病灶需要动手术……"

当被医生告知要拿掉六根肋骨时,妻子露出这种刚毅的笑容为沉默的能势打气。痛苦的手术结束时已到了半夜时分,能势从麻醉中醒来,模糊不清的眼睛里首先映入的是露出这种笑容的妻子的脸颊。还有第二次手术失败后,能势甚至觉得自己已经精疲力尽,那种笑容也没有从妻子的脸上消失。

　　住院三年,存款也变得所剩无几了。处在这种窘境下能势还让妻子去买高价的九官鸟,也着实太不近人情。可是,能势当下却有着无论如何都想要一只九官鸟的理由。

　　妻子大概只是将能势的要求当成了病人的任性。

　　"明天我去一下百货公司。"

　　妻子说着,点了点头。

　　第二天傍晚,妻子带着孩子,两手提着两大包东西走进病房。十二月的天气阴沉沉的。妻子一只手提着的包袱里是洗干净的能势的睡衣和内衣裤,另一只手中蔓藤花纹的包布里传出九官鸟身体在动弹的窸窣声。

　　"贵吗?"

　　"不用担心,给我打折了。"

　　五岁的儿子一脸兴奋地蹲在鸟笼前往里看。

　　浑身黑色的九官鸟的颈部有一路鲜亮的黄线。由于是坐电车时一路晃动着带过来的,九官鸟呆立在栖木上,只有胸前的毛在哆嗦。

　　"有了它,回家后你也不孤单了。"

　　医院的夜晚漆黑而漫长。六点以后便禁止家属探视。一个人吃晚饭、一个人躺下,之后一个人对着天花板发呆,除此之外无事可干。

"喂鸟食挺麻烦的。要把这些鸟食放在水里融化后做成拇指大小的丸子。"

"让它吃这种东西不会卡在喉咙里吗？"

"不会。据说让它吃丸子，它会模仿各种声音。"

儿子用手指戳了一下，九官鸟吓得牢牢抓住鸟笼的边框。妻子去病人厨房为能势准备小菜。

"这只鸟会说话呢，下次我来的时候爸爸让他说话吧。"

听了儿子的话，能势笑着点点头。这孩子六年前在这个医院的妇产科出生。

"好啊。教它什么呢？教它说你的名字吧。"

暮霭开始笼罩病房，窗户对面的住院楼也出现了点点昏暗的灯光。走廊上传来配餐车经过时嘎吱嘎吱的轱辘声。

"好吧，我们准备回了，今天家里没人。"

做完小菜的妻子，用玻璃纸包住盘子，放到椅子上。

"没有食欲也要全部吃完，手术前至少要增加体力。"

妻子让儿子和爸爸说再见、保重，走到病房门口时再次回过身子——

"你要加油啊。"

妻子的脸上又露出了那种笑容。

病房一下子安静了下来。九官鸟在鸟笼子里动弹，发出微弱的响声。能势坐在床上，凝神注视着站在栖木上的九官鸟的眼睛，它的眼神看上去那么楚楚可怜。虽说能势清楚自己要求妻子为自己买来价格昂贵的九官鸟有些任性，可他有自己十分充分的理由。

之前两次手术均告失败，当这次决定拿掉整半边的肺之后，能势见人都变得十分痛苦起来。听医生们谈起第三次手术，他们嘴上说得很有信心，可闪躲的表情和眼神让能势感到成功率一定十分有限。对于能势来说，最糟糕的是两次手术失败使得肋膜与胸壁完全粘连在了一起，而剥离粘连部分时的大出血会造成极大危险。他听说过好几个和自己相同情况的病人死在手术台上的事情。能势已经没有了精神头在前来探视自己的人面前装得乐观开朗、爱开玩笑。对于这样的自己，能势觉得九官鸟是最好的伙伴。

年近不惑，能势变得喜欢关注狗和鸟的眼睛。从某个角度看它们，眼神冷漠、缺少人性，而换一个角度看，它们的眼神中则充满了忧伤。能势养过十姐妹。有一天，这只鸟死了。断气前，小鸟在他手掌上眨了一两次眼睛，似乎在拼命抵抗逐渐降临到它瞳孔上的白色的死亡之膜。

　　和那只十姐妹一样，能势也开始用充满忧伤的眼睛窥探到了自己人生的背后。自从那件事发生后，能势感觉到那双眼睛一直在默默地注视着自己。不，不仅在注视自己，而且似乎在向自己倾诉。

Ⅱ

　　作为手术前的准备工作，需要做一项支气管镜检查。这项检查是将带有镜头的金属管直接插入支气管中探视。病人将这项检查称为烧烤，因为仰躺在手术台上金属管插入咽喉时痛苦的形象和烧烤没什么不同。接受检查的病人口中不断冒出鲜血和痰液，护士们则用尽浑身的力气按住他们因过于痛苦而不停挣扎的身体。

　　能势做完支气管镜检查，用纸巾擦拭着从受伤的牙龈中渗出的血回到病房，妻子带着儿子已经来了。

　　"脸色苍白。"

　　"刚做完检查，就是和烤鸡肉串一样的那种。"

　　动了两次手术后，能势身体上的痛苦变得麻木了，他也不觉得疼痛有多可怕。

"老爸,九官鸟呢?"

"还什么都不会说呢。"

能势坐在床上,一会儿呼吸变得顺畅起来。

"我来之前,大森的康子酱①打电话来,说今天要来医院看你。"

妻子背对着能势,边穿围裙边说着。由于背对着自己,能势看不到妻子的表情。

"和她老公?"

"嗯。"

家住大森的康子是妻子的表妹,四年前嫁给了经济企划厅的公务员。那个丈夫脖子粗壮、肩膀宽厚,看上去像个精力充沛的实干家。

"大森的康子酱……你才做完检查,如果累了的话,我打电话让她别来了。"

好像是因为能势没吱声的缘故,妻子有点顾虑地说。

"没事。亏他们想到要来。"

能势仰面躺在床上,头枕胳膊,望着留有渗雨痕迹的

----

① 名字后加"酱",是日语中亲昵的称呼。——译注

天花板。边角上有一块泛黄的雨迹,看来今天傍晚也下过雨了。在比这个病房更小、更暗的忏悔室里,自己跪在地上,和满嘴散发着葡萄酒味的外国老神父隔着一张铁丝网。

"Misereatur tui Omini potens Deus……"(愿全能的天主垂怜尔)

老神父边伸出一只手,边念完拉丁语的经文,侧过身子,安静地等着能势开口。

"我……"

能势刚一开口又闭上了嘴。长久以来,能势一直很踌躇,要不要来这个忏悔室,要不要将那件事说出来。今天他终于鼓起勇气来到这里,打算将伤口上已经和皮肉合为一体的纱布一起揭掉。

"我……我……小时候不是出自自己的意愿,而是按照父母的意愿接受了洗礼,因此,长久以来,我在形式和习惯的驱使下定期来到教堂。可是从某天起,我清醒地意识到,我无法脱掉父母给我穿上的、对我来说不合身的衣裳。我清楚,在长久的岁月里,这件衣裳成了我肉体中的一部分,如果脱掉它的话,就没有任何东西可以守护我的身体和我的灵魂了。"

"说快点，"口气中充满葡萄酒味的老神父低声催促道。

"后面还有人等着。"

"我很长时间没有去做弥撒，每天都做着缺少爱德的事情……"

能势的口中不断说着算不上什么罪恶的罪恶。

"在家里，我不是个好丈夫、好父亲。"

我现在说的话是不是很滑稽？我双膝跪地，说着如此愚蠢的话。假如朋友们看到我这个模样，会怎么打心底里嘲笑我、鄙视我啊，朋友的脸庞——掠过能势的脑海。这些忏悔的语句，不仅滑稽可笑，甚至包含了他自身最卑微的伪善。

可是，他要说的并不是这些。面对满嘴酒气的老神父对面的那个家伙，能势想要吐露的并不是如此浅薄的事情。

"就这些？"

能势感到，此刻自己的行为是极不诚实的。

"是的，就这些。"

"请念三遍万福玛利亚。记住了，他背负我们所有的罪错而死去……"

外国神父用几乎事务性的语气草草训诫了能势,并让他简单地忏悔后,举起一只手,用拉丁语作了祷告。

"好了……安下心来,回去吧。"

能势起身,走向小房间的门口。如此简单的仪式,人的罪孽就能得到原谅吗?"他背负我们所有的罪错而死去",神父的话还残留他在耳边。跪地后的双膝有点痛,以致他有些步履蹒跚。比起死在手掌心的十姐妹那双凄楚的眼睛——它意识到自己死期将至,能势感受到了凝视着自己的那双眼睛,它更令自己无法忍受。

"早上好、早上好、早上好。"

"这么早教它说话,九官鸟会不知所措的。"

能势坐在床上往脚上套上下地的拖鞋,和儿子一起来到阳台上蹲在鸟笼前。九官鸟歪着脑袋一脸不解地听着孩子说话。

"快点呀,说早上好、早上好呀。"

铁丝围起来的鸟笼和那个黄昏中的忏悔室很相像。自己和外国神父之间隔着一张铁丝网建立起来的屏障也和眼前一样。自己最终没有说出那件事。是说不出口。

"快说话呀。九官鸟不说话吗?"

"说不出口呀。"

妻子听了能势的话吃惊地回过头来望了他们一眼。能势低下头。此时,有人敲病房的门,一身白色装束的女人向房间里张望。是妻子的表妹康子。

Ⅲ

"一直说要来、要来,真的太对不住了。还被老公骂了呢!"

身着白色大岛绸①和服和小碎花外褂的康子嘴上说着,和丈夫一起坐了下来,她将手提袋放在膝盖上。

"一点小意思,请尝尝。"

康子递给妻子的是泉屋点心店的糕点。出于礼节,和长崎屋的蛋糕一样,来医院探视病人,可以说几乎没人不带这家店的糕点。

在经济企划厅工作的康子的丈夫也和这盒糕点一样,一脸探视亲戚特有的礼节性的神情。能势无聊地寻思,等我举行葬礼的那一天,他应该也会礼节性地戴上黑纱,一

---

① 出产于鹿儿岛县奄美大岛的绸缎。——译注

回家立马会让妻子康子在家门口往自己身上撒一把盐。

"气色不错啊。这次肯定没问题。不会坏到哪里去。你就当先过了厄年①，这么想就行了。"

说着，康子好像敦促丈夫赞同自己的说法似的侧过脸去。

"你说是不？"

"嗯。"

"我家这位从来不生病，这反倒危险。不是开会就是没完没了的饭局，天天忙到深更半夜。不是有句老话叫'一病息灾'吗，姐夫反而会长寿呢。你也要小心了，老公。"

"嗯。"

嘴上嗯、嗯地应承着，康子的丈夫从口袋里取出一包"和平"牌香烟，瞥了一眼能势，马上又放回去了。

"请抽吧，我没关系。"

"不。"

他有些不安地回答，摇了摇头。

———————

① 日本民俗中将男性 25、42、61 岁和女性 19、33、37 岁等年龄视为需要留意的厄运之年，尤以男性 42 岁、女性 33 岁为"大厄年"。——译注

康子和妻子开始聊女人之间的话题，好像是过去的朋友们的事情，能势和康子的丈夫都不认识。谁谁嫁给了谁、某某舞蹈老师举行了公演等等，两个男人对这些话题插不上嘴，只能无奈地面面相觑。

"好高级的腰带，康子酱。"

"哪里，便宜着呢。"

康子腰上系着"献上带"①。

"这个朱红色很适合你呢，哪里定制的？"

"我在光田屋定制的，就是四谷那的……"

妻子很少这样有意嘲讽别人，在她眼里好像系献上带就是趣味低下。妻子为啥要这样嘲讽康子？能势寻思。第一个理由可能是因为妻子自己没有了这样的腰带。结婚时妻子从娘家带来的和服和腰带逐渐从自己的家里消失了。能势发现，自己住院的这三年，妻子一件件变卖了自己的服饰。不过，妻子暗讽康子不会只是出于这么一个理由，想到这里，能势不由得打了个冷战。

一定是康子朱红色的腰带让妻子联想到了血色。世

---

① 和服的一种高级腰带，因曾经作为进献给幕府的物品而得名。——译注

田谷的小型产科医院里,守在妻子身边的医生的白大褂上沾着鲜血。那一定是康子的血。更准确地说,那里面也有一部分能势的血。是能势和康子两个人的血的结晶的一部分。

当时,妻子躺在现在能势住着的这家医院的妇产科病床上。不是孩子就要出生,而是很有可能早产,所以妻子提前半个月住进了医院。如果早产的话,新生儿的重量不会超过七百克,必须放入玻璃暖箱护养,医生一直在给妻子注射特殊的激素药物。

当时康子还未成家,经常来医院探望妻子,带来的不是泉屋的糕点而是法式的巴伐露。她把妻子病房里已经枯萎的鲜花扔掉,在花瓶里插上玫瑰花。康子学舞蹈的地方就在附近的左门町,回家途中顺道去医院十分方便。

探视时间结束的铃声一响起,能势便竖起风衣的领子和康子并肩离开医院。回望妇产科的住院大楼,犹如停泊在夜色中的轮船,一个个小窗户里透着灯光。

"您现在回家一个人吃饭？……够辛苦的。没有帮佣吧?"

康子毫无顾忌地问着,披肩将脖子裹得严严实实。

"没办法。买个罐头回家吧。"

"那样的话……我……帮你去做饭吧。行吗?"

现在回头想来,究竟是能势诱惑了康子还是康子蓄意勾引能势都不好说。况且这已经并不重要了。两人迅速勾搭在一起,甚至没有一个说得明白的理由,是因为爱还是因为寂寞? 当能势拉起康子的胳膊时,康子就像早已准备好了似的,瞪大眼睛倒在能势怀里。两人在能势的妻子出嫁时从娘家带来的床上享受云雨之欢。结束后,康子在妻子的梳妆台前抬起两只雪白的手臂整理头上的乱发。

就在妻子为了生产再次住院的前一天,康子表情不安地告诉能势。

"我有了,怎么办?"

能势整个脸都扭曲了,一言不发。

"啊,你的表情好可怕。不错,生下来,你说不出口。"

"不是这意思……"

"你是个胆小鬼……"

康子说着,哭了起来。

妻子住进医院后,能势一个人内心空虚地坐在家中六张榻榻米的房间里。夕阳穿过玻璃窗照在两张床上。其中一张是妻子的床,那天和康子就在那上面苟合。能势忽然发现夕阳照到的床下榻榻米的一角有个很小的黑色尖状物品在闪着亮光。是女人的发卡。他弄不清是妻子的发卡还是康子的发卡。能势把这个黑色的小东西放在手掌心上，凝神了很久。

经中学时代的老同学介绍，能势带康子来到世田谷的小型妇产科医院。不谙世事的能势不知道该说来流产还是说来打胎。

"是夫妻吗?"

护士拉开挂号处的小玻璃窗问道。康子站在表情僵硬沉默不语的能势身边，毫不犹豫地答道:

"嗯,是夫妻。"

康子和护士的身影消失后，能势坐在冰冷的小候诊室里，脑子里回想起康子清晰地回答"嗯,是夫妻"时的表情。这一表情中看不到一丝犹豫。

蚜虫在候诊室的墙上爬行。墙上留着人手抓过的痕迹。能势翻着搁在膝盖上封面已经破了的旧杂志，心里一直想着其他事情。小时候受过基督教洗礼的能势当然清楚堕胎是禁忌。不过,他害怕的除了这件事，还有想象中自己和康子的事情被妻子以及自己的家人发现。为了家庭的幸福，他想装得什么事情都没有发生。一会儿，一个老医生推门而入，白大褂上是斜喷上去的血迹。能势下意识地移开了目光。

"最近去了伊豆。不不，没去温泉，是帮这个人提行李，高尔夫球的。我胖了不少吧？他也让我打高尔夫球，可现在阿狗阿猫都玩这个，我才不愿意跟风呢……"

妻子脸上挂着和先前一样的笑容听表妹说话。能势听妻兄说起过，少女时代康子就爱和妻子争长短。两人一起学跳舞，参加表演时妻子跳"玉舞"，而康子跳"鹭娘"，不是独舞，她便会哭得不轻。所以，现在康子说打高尔夫球的事，一定是有意识地将表姐体弱多病的丈夫和自己的丈夫对比。那个丈夫依旧一言不发地和能势面面相觑，似乎在等着无聊的探视快点结束。

"是夫妻吗？""嗯，是夫妻。"——能势再次见到在那家小型产科医院时的康子平静的表情，是在康子的婚礼上。

在Ｐ酒店举办婚礼的宴会厅入口，新婚夫妇在媒人陪伴下不断和来客鞠躬打着招呼。排在来客队列中的能势和妻子走过新婚夫妇跟前时，他的视线与身着纯白色礼服的康子的视线撞在一起。康子如佛像般地眯缝着眼睛注视着能势，轻轻弯腰鞠了一躬。

"恭、恭喜。"

能势轻声地、轻声地嘟哝道。此时，世田谷产科医院墙上的痕迹以及医生白大褂上的康子的血迹如同幻影般再次在他脑海里掠过。新郎双手放在跟前，仿佛木偶那样站着配合康子。能势立刻意识到，这个男人什么都不知道。

婚宴结束后，能势和妻子走出不见人影的酒店玄关，打算找一辆出租车，忽然妻子自言自语似的开口了。

"康子酱，这下安心了。"

"可不，结了婚，算是找到了一辈子的归宿吧。"

平庸无奇的回答，但能势的调门儿还是不由自主地低了八度。突然——

"这对所有人都好呢。……对你也好……对我也好……"

能势停下脚步。他偷瞥了一眼妻子，不知为何妻子的脸上轻轻浮起了那种笑容。随即，妻子快步上了停到他们跟前的出租车。

（啊啊，那娘儿们什么都知道。）坐上出租车，两人沉默了一会儿。妻子的脸上还挂着微笑。能势无法猜透这种笑容的真意。他明白的只是，这个妻子今后大概不会再次重复刚才说过的话。

"只要手术成功，就能彻底康复了。不过，淑子真够了不起的……照顾了三年病人。"

康子对着病床方向。

"出院后你要是不好好珍惜这样的太太,会遭天谴的。"

"已经遭天谴了,"能势望着天花板嘟哝道。"看我现在这样子。"

"他自己说了,"康子特意提高嗓门笑道。

"我经常和我老公说呢。你说……是不?淑子太辛苦了。"

"也谈不上。我……很愚钝的,不是吗?"

三人说的每一句话中都带刺,藏着自己的深意。只有康子的丈夫一人在无聊地玩着放在膝盖上的手,两只大拇指上下摆弄着。

"我们走吧,不能让病人累着。"

"说的是呢。不好意思,我一点儿都没想到。"

"我一点儿都没想到"——妻子脱口而出的这句话,犹如针尖在能势的胸口上刺了下去,也恰到好处地结束了四人的对话。康子的丈夫丝毫没有觉察到有什么不对劲。其余三人只是一味地装出若无其事的模样,谁都不去点破。为了这个男人,也为了自己,三人选择了掩饰。

"早安！早安！"

儿子还在阳台上教九官鸟说话。

"快说啊。不说吗？九官鸟。"

Ⅳ

离手术还有三天时间，之前的宁静突然被打破了，一下子变得忙碌起来。能势在护士的陪护下做了肺活量和肺功能检查，还抽了好几次血。不光是为了查血型，还必须事前确认躺在手术台上的能势身上流出来的血需要几分钟凝固。

十二月的上旬，距离圣诞节很近了。午休时间，医院附属护士学校排练合唱时的歌声不断传入病房。护士们在圣诞之夜为儿科病房的住院儿童唱歌是这个医院每年的惯例。

"这次的手术只要做和前两次一样的准备就行了吧？"

能势在病房和年轻医生说着话。手术当然由教授主刀，这个年轻医生应该是为教授当助手的。

"嗯，能势先生已经经历过几次手术了，不需要做什么准备。"

"上次是泥鳅抽筋。"

病人这么称呼开胸去肋骨的手术。

"这次是肺部打飞的?"

年轻医生苦笑着转过脸去。圣诞节合唱的歌声从窗户传了进来,有点吵。

　　　汽笛一声

　　　我的火车

　　　驶出了新桥……

"成功率有多少?"

能势突然问道,双眸一动不动地凝视着年轻医生的脸。

"我这次手术成功的几率有多少?"

"你这是怎么了,问这么没胆儿的问题。没什么问题。"

"真的吗?"

"嗯……"此刻年轻医生稍稍犹豫了一下,表情有些不自然。

"真的啊。"

> 箱根的山啊
>
> 天下最险
>
> 函谷关　也非比寻常……

我不想死，不想死啊。不管第三次的大手术有多么痛苦，我还不想死。我还没有搞懂人生和生而为人的意义。我吊儿郎当、游手好闲，总是在自欺欺人。但我渐渐明白了，当一个人从别人身边经过时，不仅仅是擦肩而过，必定会留下痕迹。如果我没有路过那个人的身边，他也许就过上了另外一种生活。例如我妻子的人生，例如康子的人生。

"我想活下去……"

医生离开之后，能势对着从阳台上拿进来的九官鸟轻声说道。铺在鸟笼里的报纸被白色的粪便弄脏了，吃剩下的鸟食丸子也掉在上面。九官鸟的黑色身体蜷曲成一团，可怜兮兮的眼神一直注视着能势。黄褐色的尖嘴看上去宛如外国神父的鼻子，表情也与那天不断对自己喷着酒气的神父格外相似。并且，自己与那个神父之间隔着一张和这只鸟笼异曲同工的铁丝网。

"和康子走到那一步真的是别无选择。对吧？去产科医院也是迫不得已。这些算不上罪恶。那是我和康子两个人就能了结的事情。只不过，一浪激起了二浪，二浪激起了三浪，大家心照不宣……"

九官鸟歪着脑袋静听着能势倾诉，这种样子和忏悔室里神父沉默不语侧脸而坐的模样毫无二致。

只是九官鸟从下面的栖木轻轻跳到上面的栖木时，扭动腰身的同时滚圆的鸟粪掉到了地上。

夜幕降临，走廊尽头传来值班医生和护士走进各病房查房的脚步声。

"没什么不舒服吧？"

"没什么不舒服。"

他们手里拿着的手电筒在关了灯的病房的墙上晃动。被包布裹着的鸟笼中，九官鸟身体不时发出轻微的响声。

一浪激起二浪，进而激起第三浪。投下第一块石头、激起第一道波浪的是自己。自己倘若在即将开始的手术中死去，波浪大概会一个接一个地扩散下去吧。人无法自己来消除这种影响。我为自己周围的人营造了心照不宣的氛围。这种心照不宣，直到死的那一天，也不会在三人之间消失，远远超出有谁死在医院里的影响。

（还有三天就要手术了，如果成功的话，接下来的新年……也会在这个病房里度过吧。）

过了元旦能势就满四十了。

"四十而不惑……"

能势闭上眼睛，强迫自已尽快睡着。

V

手术那天，一大早，病房里还是一团漆黑时，能势便被护士叫醒了。由于服了甲喹酮，脑袋昏昏沉沉的。六点半，刮了手术部位的胸毛。七点半，灌肠。八点注射了麻醉第一阶段的麻醉诱导剂，服了三颗白药丸。

妻子和岳母轻轻推开房门，向病房里张望着低声说：

"好像还没睡着……"

"蠢货，这点麻药能睡着吗。又不是第一次第二次了。"

"还是不要说话好，"岳母一脸紧张地说。

"就那样安静躺着吧。"

康子一定忘记了我今天手术的事，她多半头上戴着发卡，正为那个经济企划厅的丈夫做咖啡呢，能势想。

两个推着手术平车的护士出现了。

"能势先生，我们可以去了。"

"稍等一下。"

"把阳台上的鸟笼给我拿进来。我也要和那家伙道个别。"

能势对妻子说。

听着能势逗趣的话大家轻声笑了起来。

"好、好。"

妻子把鸟笼抱在怀里，鸟笼里的九官鸟还是用那种眼神注视着能势。我在忏悔室里对老神父都没能说出口的话只对你说了。你什么都听不明白，但你听到了。

"行了。"

能势被抱上了手术平车。平车发着咯吱咯吱的声音被推进了走廊。妻子和平车并排走着，手上提着快要掉下来的毛毯的一边。

"哦，能势先生，加油啊。"

后面有人在喊着。

左右两侧可以看到病房和护士站，过了厨房后，平车进了电梯。

电梯上了五楼后,手术平车在弥漫着消毒液气味的走廊上吱吱嘎嘎地继续前行。前方是大门紧闭的手术室。

"夫人请在这儿留步……"

护士对妻子说。自此禁止家属入内。

仰面朝天的能势望着妻子。妻子有些憔悴的脸上又浮现出了那种笑容。每每遇事,妻子的脸上必定会露出这种刻意的表情。

进了手术室,能势身上的睡袍被人脱下,眼睛立刻被蒙了起来。躺到硬邦邦的手术台上后,有好几双手一起将盖在身上的布固定在钩子上。手脚被人用热毛巾捂热。这是为了让血管变粗,便于输血针扎入。每当有金属器具放下时,能势总能听到哐当哐当的声音。

"你清楚吸入麻醉的要领吧?"

"嗯。"

"那好,我套在你嘴上。"

能势的鼻子闻到了一股橡胶味。嘴巴和鼻子套上了一个橡胶器具。

"请跟我开始数数。"

"好。"

"一。"

"一。"

"二。"

"二。"

妻子的脸庞出现在眼前。那娘们全都知道。她只是等待一切圆满结束。她是什么时候开始让自己装聋作哑的……

"三。"

"三。"

能势昏睡了过去。

醒来时，能势感觉自己像是只睡了一两分钟那么短暂。他从麻醉中慢慢醒来时已经是当天夜里了。

年轻医生的脸在自己的正上方。妻子还是那种笑容。

"啊——今天……"

他做了个怪相又昏睡了起来。第二次醒来时，快近凌晨四点了。

"啊——今天……"

眼前没有妻子的身影，值班护士表情严肃地在能势的右臂缠上黑布，为他量血压。鼻子里插着吸氧的橡皮管，脚上插着输血的针管。左胸部上开着两个黑色的小洞，洞口上露出两根塑料管。通过这两根管子将淤积在胸部的血液不断输送到玻璃瓶中的机器声传入能势耳朵。他口渴极了。

"水……请给我喝水。"

"不行。"

做好了冰枕的妻子轻手轻脚走进病房。

"快给我喝水。"

"忍一忍。"

"手术花了几个小时?"

"六个小时。"

"对不住了",能势想说这话,但没气力。

他感到胸口压着一块巨大的石头。不过,他已经习惯了肉体上的痛苦。

窗外开始有亮光了。当他意识到就要天亮时,才终于醒悟过来,自己得救了。他想,自己太走运了。这份喜悦格外强烈。

能势吐出的痰里一直带血丝。一般来说手术后的两三天血丝便会消失,这表明从动完手术的肺部伤口中流出来的血已经完全凝固了。可是能势的手术过了四五天,痰中依然能见到血丝,加上高烧持续不退。

好几个医生交替着走进病房，随后在走廊里轻声交谈。能势很清楚，他们怀疑自己的支气管上出现了有洞的支气管漏。如果真是那样的话，伤口很快便会感染细菌，出现脓胸并发症，必须再接受多次手术。医生立刻追加了抗生素输液，开始让能势服用红霉素。

到了第二周，痰中的血丝终于消失了，高烧也逐渐退了下去。

"现在可以告诉你……"

教授一脸兴奋地在床头的椅子上坐下。

"你终于挺过来了，从头到尾都像走钢丝那么危险……"

"做手术时也那样吗?"

"是的。手术中你的心脏停跳了几秒钟。真把我们紧张坏了。你的运气实在、实在太好了!"

"能势先生，你过去一定做了很多好事吧。"

站在教授身后的年轻医生笑道。

一个月后，能势终于能手拉绑在床上的绳子起身了。腿上的肉也差不多掉完了。能势用瘦得皮包骨头的手抚摸拿掉了七根肋骨和一侧肺叶的支离破碎的身体，感慨万千。

"啊啊，对了，我的九官鸟呢？"

他忘了在这段与病魔斗争的期间，他将九官鸟交给了护士站照料。

妻子垂下眼睛。

"九官鸟死了"

"怎么死了？"

"你想想，护士和我哪有时间照料九官鸟。我们每天给它喂食。有一天晚上很冷，忘了拿进房间，一直放在阳台上，那样害了它。"

能势沉默了片刻。

"对不起啦。可我觉得它是替你去死了……我拿回家埋在院子里了。"

妻子的话并非没有道理，她没有余力悉心照料九官鸟也是在情理之中吧。

"鸟笼呢？"

"还在阳台上。"

能势忍着头晕穿上拖鞋，手扶墙壁，一步一步走到阳台上。眩晕的感觉终于缓解了下来。

天色晴朗，窗外的大街上不断有小车和大巴疾驶而过。冬日淡淡的阳光照射在没有九官鸟的鸟笼上。九官鸟留下的白色粪便粘在鸟笼里的栖木上,干涸的水碗中留着褐色的斑迹。空荡荡的鸟笼散发出一种气味。它不仅是鸟的气味,也是能势自己的人生气味。是能势对着活在鸟笼中的那个生命倾诉内心时散发出的气味。

"从现在起一切都会好起来。"

扶着他身体的妻子说。

"不,不对。"

能势刚想说什么,他又闭上了嘴巴。

大病房

　　星期天，一群病友相约来大庭家里玩。去接他们前，大庭打算先给鸟喂食。走近挂在院子里大树上的鸟笼一看，七只十姐妹小鸟不知什么时候变成了五只。换鸟食和换水的口子并没有打开。它们是从什么地方逃走的呢？真是匪夷所思。

　　"小鸟少了两只，是你干的吧？"

　　"我不知道啊，"上小学三年级的儿子撅着嘴，"郁闷。为什么是我？"

　　第一次养鸟还是在三年前，当时大庭的身体出了问题，住了很长时间的医院。为了让他打发住院时的空虚日子，有人送来了十姐妹。大庭把鸟笼放在病房的窗口处，每天给它喂食。自那以后,大庭对过去没什么兴趣的这一幼小生灵逐渐产生了感情。

"不过,它们是怎么逃走的呢?"儿子说,"昨天晚上我还见着它们来着。"

这些十姐妹是由一对雌雄鸟所生,它们之间有着亲子关系。尽管少了两只,剩下的小鸟还是像什么事都没发生似的,用尖嘴啄食,在栖木上跳来跳去。

"一起去车站吧? 今天八丁先生他们来家里玩。和你妈说一下。我们一块儿顺便在路上找找跑了的十姐妹。"

大庭寻思,没准在去车站途中的杂木林中可以找到小鸟,他和儿子一起进去找了找,结果一无所获。

电车进站了。由于是星期天,车站里挤满了拖家带口去江之岛和箱根玩的人。"来了来了,"儿子用手指着。大庭举目望去,对面的站台上八丁先生一行正在走上楼梯。他们也向大庭挥着手,露出了欣喜的表情。

"到底不一样。过了多摩川,就吸到了甜丝丝的空气。"

"这里也没出东京都啊。不过,我也没想到东京都里还有这种地方。竟然还能见到山林和乡土气息十足的农家,周围有很多山呢。"

回家途中,大庭对八丁先生、和田先生和村上君很自豪地说着这个地方的事情。杂木林中的红叶还没到完全红透的季节,但已经开始把萝卜晾出来晒干的农家大院里,信浓柿①在八丁先生所说的甜丝丝的空气中闪着鲜亮的光泽。

"还有这种东西呢。"

四人停下脚步,俯视路边的小石像。经过长年风吹雨打被磨损了的像主脸上,还能见到闪着微光的笑容。在过去当地人埋葬无人认领的街边尸体的坟地后面,长着一棵桃树,树影投射在地上,显得十分静谧。

"太好了,我最喜欢这样的坟头,"八丁先生在墓碑前蹲下身子。"哦呀,上面写着安永六年②。"

大庭想起了住院期间,和眼前一样,四人结伴在医院的花园里散步。不对,不是四人,那时还有一个伙伴活着。

"有谁去看过富冈先生的墓地?"

"没有,"其余三人一瞬有些尴尬地移开了视线。"再

---

① 一种生长在日本东北、信越地区的野生柿子。——译者注
② 即公历 1777 年。——译者注

说,他的墓地在府中,一直没有机会去那边。"

大庭等人入院时,富冈先生刚动完肺叶切除手术不久。刚动完手术的病人不能马上回到普通病房,会被送进"术后室"的病房待一周左右,经过一段时间观察才能再次回到大病房。

傍晚,在两个护士的照料下,躺在担架车上的富冈先生被送进了大庭等人的病房。

"晚上好!"护士环视了一下大家。"从今天起,这位先生也住在这儿。他才动完手术,麻烦各位关照一下。"

接着,护士一前一后地抱起病人单薄的身体,将他抬到房间角落的一张空床上。大庭等人犹如见到可怕的鬼魂似的斜视着胡子拉碴、双颊凹陷、面无血色的富冈。再过一个月,自己也会像这个人一样接受手术,然后变成这副模样。

一会儿,打扫卫生的女工送来了富冈先生的杯子、饭碗等私人物品。

"谢谢。"

富冈先生用沙哑的声音有气无力地向女清洁工道谢。清洁工露出一口黄牙。

"您的手提箱就放这儿了。您说什么? 您很快就能下床的。"

来了一个不熟悉的病人,在和他熟识起来之前,大病房里的气氛多少有些不自在。况且这次来的不是新入院的病人,而是不久前刚动完手术的病人,这让大庭等人不但感到生分,而且有些恐惧。富冈先生将毛毯拉到嘴巴上,两眼紧闭,表情显得十分痛苦,他的这副模样让大家精神高度紧张。到了晚餐时间,大家也尽量不出声地吃饭,蹑手蹑脚地走到走廊里。医生和护士一次次地来病房为他测量脉搏和心跳。

"那人看上去挺和气的。"

大庭和八丁先生在走廊的一角轻声聊天。

"刚做完手术,谁都会变得很和气。"

"这个人倒真的和我们有点关系,要不了多久我们也会像他一样了。他要是恢复得好的话,我觉得我们也八九不离十吧。"

八丁先生说的话,也正是大庭先生、和田先生和村上君心里想的。自己手术的成败,也应该和先动了手术的富冈先生的结果相同。

过了差不多五天,富冈先生逐渐开始和大家有了交流。大庭等人最想听的就是他对这次手术的感受。

"给你上麻醉的时候是什么感觉?"

"让我数……一、二、三……之后,就……什么都……不知道……了。"

富冈先生回答时的声音断断续续。他还是没有说话的气力,看上去很费劲。

"六个小时……感觉上……只有一分钟。醒来时已经夜里了……昏暗的灯光和大家的脸,从很远的地方靠拢过来。"

大家不厌其烦地讨教完手术前前后后的事情,不免长吁短叹,一个个手撑着下颚陷入沉思。富冈先生赶紧反过来安慰大家。

"不用……担心。没有……想象得那么可怕。"

大庭想,他是个好人。

几乎没有人来探视富冈先生。听其他病房的老病人说,他是下町①那边开纸张店人家的上门女婿。不知道为什么,他妻子和孩子从来没有在医院里出现过。

医院的大病房和社会上的其他地方不同,病历越长的病人越强势。老病人就像幸灾乐祸的老兵那样,故意夸大

---

① 东京都内商业、手工业相对集中的平民居住区。——译者注

其词地吓唬新病人，说检查和手术是多么痛苦，可是眼前的这个人却没有这种坏心眼儿。

"大家不用担心，手术一定会成功的。"

随着手术日子的临近，躺在病房一角病床上的富冈先生总是这样笑容可掬地望着忐忑不安的大庭等人。

"听说富冈先生是基督徒，"有一天，八丁先生说。"难怪，我也这么想过。我是听隔壁病房的人说的。"

富冈先生害羞地低下头，既不承认也不否认。

他的情况日渐好转。苍白的脸上稍许有了血色，之前不借助护士的力量无法起身，现在已经能自己行动了。体温也回到了三十七度以下，到了这种程度后，就待恢复体力了。只有一事令人费解，每当他大口呼吸时，就会从喉咙里发出一种低沉的吹笛子般的声音。万籁俱寂的深夜，大庭等人也能听到这种笛子般的声音。

"富冈先生什么时候开始起变化的？"

走在杂木林中，大庭回头问八丁先生等几个。杂木林的树叶已经开始变黄，随着沙沙的响声飘落到地面上。树林中土壤潮湿的气息中夹杂着蘑菇的气息。

"你说的起变化……是指那人的病情变坏吗？"

"不是，"大庭摇了摇头，"不光是病情。"

最近大庭一直在尽力回忆自己住院期间的各种生活片段，这些已经开始在他的记忆里变得日趋淡漠。甲酚的气味、一大清早飞到病房窗前的鸽群、给这些鸽群喂面包的老年女病人……够了，绝不想回到那样的生活状态中去，大庭想。

"记得有个牧师来找过富冈吧。"

"嗯，我记得。那天晚上，村上君一直在絮叨这件事。"

提到这件事，大庭记得很清楚。几乎没人来探视的富冈先生，有一天有个看上去很像牧师的人来看望他。牧师像个女人一样低眉垂眼走进病房，大家"啪"地睁大眼睛，视线很自然地集中到了这个穿黑衣服的牧师身上。之后，大家佯装读着各自的杂志，听牧师和富冈两人的对话。大庭竖着耳朵偷听谈话，不知为什么总觉得不管哪里的牧师，都浑身散发着中性的、伪善的气息。

小时候，大庭家附近有户人家门口挂着一块"圣教会"的牌子。到了周日，附近的女人和大人来这里聚会。那些大人们和这个牧师一样，装模作样地歪着头，低眉垂眼地走进那户人家。看到那些人的样子，就会让大庭幼小的内心产生一种羞耻感。

　　大概交谈了半个小时，富冈的客人和刚才一样装模作样地走出病房。走到门口时，他突然停了下来，脸上露出伪善的假笑。

　　"祝大家早日康复。"

　　听了这话，大庭脑子里一片空白，他沉默了好一会儿。突然，村上君整了整宽袍的领子。

　　"我最怕那种人。"

　　富冈先生一脸窘困，把毛毯拉到嘴巴上，一动不动地躺着。

　　"我们学校里也有基督徒，我也被他们动员过，但我觉得不符合我这种日本人的感觉。"

　　"可是，宗教又不是光靠感觉，"大庭想替一言不发的富冈辩解。

　　"你说呢，富冈先生。"

　　"那好，我想请教大庭先生，究竟有没有上帝？"

　　还是学生的村上君忽然较起真来，他从床上坐起来。走廊上传来散步回来的女病人大声说笑的声音。

　　"富冈先生，我怎么都不相信上帝真的存在。"

　　村上君开始陈述理由。富冈先生，您去过一楼儿科病区吗？我最近下楼去了那里，见到了各种各样的孩子。比如有个男孩，一生下来就没有肛门，必须每两年做一次人造肛门；还有个女孩，用石膏固定住身体，一动都不能动。

大庭也见过那个据说为了人造肛门而入院的男孩在医院里阳光惨淡的花园里玩耍。有个护工一边织毛衣一边看着男孩抛纸飞机。听护工说，男孩现在看着很健康，可他活不过十年。

"假如富冈先生所说的上帝真的存在的话，我说的是假如哦。为什么他眼睁睁地看着无辜的孩子受那么大的罪？"年轻的村上君说着，有些亢奋。"只要一看到那些可怜的孩子们，我就觉得上帝和佛祖都是无稽之谈。就算存在，也没有任何鸟用，他们只会装聋作哑。"

"你问富冈先生有什么用，"大庭赶紧说。"富冈先生又不是那个上帝……"

"假如真的有什么上帝或者佛祖，他们首先就应该为那个男孩做点什么。我们这些大人活到今天，多多少少都做过一些坏事，所以生这种病，或者在社会上受欺负受罪也在情理之中。可是，那个孩子，他绝对什么坏事都没做过。"

"假如有个上帝能为孩子们做点什么，然后唰的一下子把我们的病灶也除掉,那该有多好,"和田先生开玩笑地说,他想缓解一下气氛。"那样的话村上君也能想通了。"

"反正,不可能有什么上帝,"村上君依然固执地说。"就算上帝存在,他也一定是装聋作哑,不愿弄脏自己的手。"

村上君引发的十分幼稚的争论,使得富冈先生心情沉闷得整晚一语不发。大庭主动和他搭话,他也只是回答"是的"、"不是",极其寡言。

"别这样,"八丁先生在走廊上轻声地提醒村上君。"没见人家郁闷成那样了吗? 就算你要指责也指责不到他头上啊。"

"我也不知道自己为什么那么亢奋。只是对那个牧师有点不爽。"

村上君挠着脑袋,一脸抱歉地鞠了一躬。

那天夜里富冈先生像被什么呛着了似的突然剧烈咳了起来。大家一下子被他哮喘发作般的咳嗽声惊醒了。打开电灯,富冈先生手捂在嘴巴上,身体蜷曲着,样子非常痛苦。他的喉咙深处发出吹笛子的声音。

护士带着年轻的值班医生跑进病房。作为应急手段,年轻医生在富冈先生干瘦的手臂上扎了一针,随后问:

"痰中有血吗？"

"嗯……有一点。"

医生和护士的对话让大庭等人预感到了不好的事态，尤其是村上君心情异常沉闷，他觉得今天中午的争论确实刺激到了富冈先生。

"那些话至于有这么大的影响吗？"

"对我们来说可能就像被蚊子咬了一下，对他来说可能就不一样了。"

第二天，副主任医生将听诊器放在富冈先生的胸口上移动了几下之后，指示昨天的年轻医生安排支气管造影。这是将钡剂注入支气管进行拍片的检查项目，病人要承受巨大的痛苦。

拍片检查的结果是，富冈先生得了对术后患者来说最为可怕的病症——支气管漏，即在拿掉病灶的肺部与支气管的缝合处出现了一个漏洞。

富冈先生出现支气管漏的消息很快在各病房不胫而走，这个病名，无论对已经动过手术的还是即将动手术的病人来说都异常敏感。因为一旦出现了这一病症，就必须动第二次乃至第三次手术。有人甚至开膛五六次都未能治愈，而且还会诱发更麻烦的脓胸后遗症。

"和你没关系，"年长的大庭和八丁先生对村上君说，"会不会出现支气管漏，取决于当时的手术。"

"那样的话我还好受些。不过，还是有些担心。"

富冈先生暂时止了咳，可是呼吸时咽喉发出的嘶哑的吹笛声还是没有消失。现在回想起来，他住进这个病房时就发出这种呼吸声。那时已经出现了支气管漏的症状，责任不在村上君。

"太不走运了。"

据说术后得支气管漏的概率在百分之七。富冈先生位列这个百分之七的行列中，只能说运气太差了。

从那时起，大庭逐渐发现富冈先生起了变化。究竟有什么变化，大庭也说不明白。他还是依然将毛毯盖在嘴上安静地躺在那里。同病房的人都很同情他，帮他干各种杂事。

每次，富冈先生都和过去一样，用沙哑的声音对大家道谢。那天，大庭盘腿坐在床上读报，他猛一抬头，发现富冈先生正注视着在硬纸板上下象棋的八丁先生和和田先生。他的目光中流露着之前从未见过的恶意。

富冈先生转过头看了一眼大庭，匆忙神色紧张地俯下脸去，将毛毯拉到嘴巴上。

（富冈先生在想什么呢？）

大庭手里拿着报纸，脑子里思考着。确实，富冈先生刚才的眼神中流露出来的情感说不出是憎恶还是仇恨。他的心里是不是在期盼即将动手术的八丁先生和和田先生也和自己一样，出现支气管漏？仅自己一个人不走运、不幸福，对谁来说都是难以接受的。这种时候，人们会暗自希望和自己一样的不幸也落在别人头上。富冈先生现在的心情不正是这样的吗？

当大庭觉察到这一点时，不由得心情沉重起来。自从和富冈先生生活在同一屋檐下后自己也变得十分忧郁。虽说那人的心情并非不能理解，可是凡事需要小心翼翼也让人受不了。

"村上君，散步去。"

大庭摇着头穿上棉袍，叫上正在看周刊的村上君走出了病房。

手术的日子逐渐逼近。医生说同病房的四个人中八丁先生第一个动手术，之后是大庭、和田、村上。做心电图、肺功能检查、肝功能检查等等，一天天变得忙碌起来。

"大庭先生、大庭先生！"

从东边能清晰地看到富士山的那个清晨，八丁先生在走廊的另一头叫住洗完脸正准备回病房的大庭。

"手术日期定下来了。这个月二十八日。我刚去护士室问了。"

随即,他压低嗓子——

"富冈先生好像也是同一天手术。"

"富冈先生也手术?"

"嗯,好像他上午,我下午。"

"富冈先生太可怜了。这次又要受苦了。"

同病房的病人中没人会去考虑此刻富冈先生的心情。每个人满脑子担心的都是自己的手术,没有精力关心别人。大庭也没有和病房里的任何人提起那天亲眼见到的富冈先生的眼神。

手术日期一旦定下,大家忐忑不安的心情反而平静了下来。八丁先生边吃早餐边兴致勃勃地向大家通报情况。

"我比大家早一天动手术,后事还请各位多多关照。"

"有想要见的女人吗? 有的话现在说出来。"

只有富冈先生蜷缩在病房的一角听着大家有说有笑地谈话。在确诊支气管漏之前,他也是大家中的一员,可是自从那天夜里起,大家和他的心情开始向不同的方向转变,尽管依然身处一室。大家似乎忘了,八丁先生动手术的当天，这个人的胸腔也会再次被打开，进行支气管的缝合手术。

"富冈先生也是那天动手术吧，"大庭为了拉近他和大家的距离特意说道。"我们可以帮到你的，一定尽力。"

"反正我动一次两次手术也治不好……"

的确，说得没错。富冈先生这么一说，大家一下子沉默下来，大庭也不知怎么接话。

"没事、没事，"八丁先生灵机一动。"富冈先生是基督徒。上帝一定会帮助基督徒的。上帝和佛祖的慈悲心也不是用在所有人身上的。"

八丁先生的话既没有恶意也不是嘲讽谁，他想设法安慰富冈先生，但富冈先生依然一脸严肃。他眨巴着眼睛，看上去十分痛苦地垂着脑袋。

"那时，有谁见过富冈先生，怎么说来着……做祷告吗？"

大庭问道。一行人穿过杂木林，走进通往大庭家的小道。大家摇了摇头。

"一起住了那么长时间，都没见到啊。"

"不过，他祷告时不会让人看见吧。"

受支气管漏折磨的富冈先生不可能不暗地里向自己信仰的上帝寻求帮助。即便是不信宗教的大庭，在手术的前夜也会有想要抓住什么东西的冲动。谁能说到了大家都熟睡了之后的深夜，富冈先生就不会双手合掌呢？

"这房子真不错。"

大家在走进玄关之前停下脚步，眺望着大庭住宅的外观称赞道。

"行了，请进屋看后再称赞吧。浴室才是我的骄傲。"

就在八丁先生动手术的前一天傍晚，大庭去了医院里的理发店。回病房途中，他从花园中横穿而过。儿科楼层的孩子们正在护士和护工的看护下散步。有个身穿棉袍的矮个中年男子靠在微弱的夕阳照射的墙上。是富冈先生。他没有发现大庭正望着自己，一动不动地注视着孩子们。那个装着人造肛门的话题男孩也夹杂在孩子们中间，他用细细的手腕使劲把纸飞机抛向空中。纸飞机飘在夕阳西下的空中，最后有气无力地落在富冈先生的脚边。那个留着长发戴眼镜的孩子当然不知道自己活不过十年。

富冈先生和照射在他身靠的墙上的斜阳一样，露出浅淡的微笑点了点头。

"刚才和八丁先生去了理发店。他不是明天也要动手术吗,所以去洗澡理发,忙坏了。"

"是吗。"

这是喧嚣了一天的医院回归宁静的时刻。几栋并排矗立的建筑物在不可思议的沉寂中等待夜色的降临。有的房间的窗户上已经亮起了灯光。

"我是第一次住院,觉得很不可思议,"大庭说。"一个个窗户里住着各种人,每个人受着不同的折磨。富冈先生,之前村上君说的话请您不要介意。他毕竟还是个学生,特别容易冲动,没坏心眼儿。"

富冈先生双手插在棉袍的袖管中,露出寂寞的笑容。

"我……没有介意。"

"那就好。"

"我有时候也会考虑相同的问题,怀疑自己是不是一直在信着虚无缥缈的东西,就像村上君说的那样。医院住久了,越来越不明白为什么有这么多人在受病痛折磨。村上君说上帝在装聋作哑,我也觉得上帝太装聋作哑了。"

"不过,您还是相信上帝的吧?"

"我太不中用了,被学生那么一说连辩解的余地都没有。"

走上住院大楼的阶梯,肺部切除了的富冈先生开始喘起了粗气。一喘粗气,他的喉咙里便发出吹笛般的声音。

第二天清晨,同样是异常寒冷的大晴天。六点,大庭睁开眼睛时,身着白大褂的护士正弯腰为富冈先生灌肠。在给他注射了一剂轻微的麻药后不久,护士推着担架车来接人了。八丁先生在床上双手紧抓着毛毯,目不转睛地注视着他们的一举一动。

"我去了。"

上了担架车后,富冈先生将双手放在膝盖上,很有礼貌地对大家鞠躬道别。

车轮沉闷的响声消失在走廊的尽头,病房里的人沉默不语。

"真是个不错的人。不过,谁都不想像他那样得支气管漏,"和田先生轻声说。

"没事的。富冈先生的上帝这次一定会出手帮他的。假如这次都不帮他,什么上帝,就是狗屁,"村上君回应道。

十一点,护士又手提灌肠的工具和注射器现身了。

"这次轮到我了吧,"八丁缩起了脖子。

"是啊。请侧过身体,露出臀部。"

载着八丁先生的担架车也像之前一样发出沉闷的轱

辘声,消失在走廊的尽头。

　　时间过得如蜗牛爬行那么缓慢,太阳下山之前,还没轮到动手术的其余三人一直处在焦躁不安的状态中。笼罩在惨淡阳光下的两张空床格外让人心绪不宁,无论听收音机还是看书都无法集中精力。

　　"不行了。我不下了,"村上君一把推开和和田先生正在下棋的象棋盘,叹了一口粗气。"怎么还没结束?"

　　"着急也没用啊!"

　　"先不说八丁先生,富冈先生太让人放心不下了。我还是觉得那天指责他的上帝是形成支气管漏的原因。"

　　"哪有这回事。"

　　"道理虽然想得通,可是……我想为他祈祷,为富冈先生的手术成功祈祷。"

　　"好,我们来祈祷。"

　　将近五点,护士室那边有了动静。躺在升降台上的富冈先生和八丁先生从手术室出来了。楼层里的病人们站在走廊上,目送护士推着的两台担架车。两人仰面朝天,脸色苍白,微翻着白眼,鼻孔里插着橡皮管,担架车上方挂着的输血瓶不停地晃动。

　　"八丁先生的手术成功吗?"

"很成功。"

"富冈先生呢?"

护士轻轻叹了口气侧过脸去。大庭还是不停地发问。

"看来下一次还要做手术吧?"

"差不多吧,"护士露出了有些忧伤的笑容。

"他太不走运了。"

第二天,大庭带着两瓶村上君买来的果汁,轻轻拉开了八丁先生躺在里面的术后室的门。

仅仅时隔一天,病人的脸庞就急剧消瘦了下来,但八丁先生的两眼还是炯炯有神。

"告诉你,"他开心地说。"我的病灶已经取掉了。医生还特意告诉我了,可以放心,不会形成支气管漏。"

"富冈先生在隔壁病房吧?"

大庭提着另一瓶果汁敲了下富冈先生病房的门。"请进",病房里有人应道。出现了一张护士的脸,她摇着头。

"不行,他才睡着。"

可是病房里传来已经醒来的富冈先生低沉的声音。护士同意见上一分钟。大庭走进病房,尿液的气味和湿热的气息扑面而来。

"怎么样?"大庭俯视着富冈先生低声问道,他的脸色、目光都比八丁先生差很多。"一夜很漫长吧?"

"嗯,"富冈先生有气无力地点了下头。"这次手术又失败了……我清楚得很。他们说还要再动手术。"

大庭不知该怎么回答,只是低着头,将果汁放在富冈先生的枕边。"上帝这次一定会出手帮他的"——村上君的声音轻轻掠过他的脑际。

"八丁先生呢……"富冈先生忽然凝视着大庭问道。"他还好吗?"

"他挺好"——这句话刚要出口,大庭立刻闭上了嘴巴。护士去了走廊上,不在病房里。即便是骗他一下也没人知道,大庭寻思。

"其实……八丁先生,也有可能形成支气管漏。"

富冈先生的眼神忽然亮了起来,如同某天他在病房里凝视大家时的眼神一样,蓦然闪现出心情一下子放松下来时的那种亮光。他的唇角浮现出喜悦的笑容,随即消失了。

"还是抽空大家一起去一次富冈先生的墓地吧。"

那天在车站送别大家时,大庭反复叮嘱了一番。

"不管怎么说,都是在一个病房里睡觉起床、吃同一锅饭的病友。"

八丁先生、和田先生还有村上君点头回应道,他们每个人手里提着一大包当地的特产柿子。

"那就定下下一次的拉链会为富冈先生扫墓吧?"

"行,就这么定下了。"

"拉链会"是和田先生起的名字,因为四个人的身上都留下了类似拉链形状的手术疤痕。

驶离站台的电车将树上落到地上的枯叶震得飘到了空中。大庭一个人走在和上午来时相同的路上。天色格外亮堂,月光让那尊无人凭吊的石像脸上蒙上了一丝笑意。富冈先生的墓地上,也应该洒着一层月色吧,大庭想。不过,他的墓地里不会有这样的石像,也不会见到这样的笑容。大庭不禁回想起那天清晨在术后室,自己对富冈撒谎后,他憔悴的脸上浮现出了一丝笑意。

第二天,去公司上班前,大庭走近鸟笼发现又少了一只十姐妹,这让他百思不得其解。放鸟食盒的口上也关得严严实实的。

不过,这一次四只小鸟好像被人追赶似的身体挤作一团,正在尖叫。大庭突然有种不好的预感。他将鸟笼取下放到地上,发现盛水器的影子部位有一坨色彩类似于旧车轮胎一样的东西。是一条蛇。蛇腹部的一部分隆成十分猥亵的形状,它细小的眼睛凝视着某一点,身子盘成一团。大庭赶紧叫来儿子。在附近干活的木工赶来后,手伸进鸟笼,毫不费力地将蛇抓出鸟笼,像整理绳子似的单手捋动蛇的身体。蛇扭动着身体,口中吐着红丝般的舌头,连同银色的唾液一起,将吞到肚子里的十姐妹吐了出来。十姐妹已经变成了一团没有毛发的白色肉团,只有湿漉漉的小鸟的头和脚还能辨认出来。

大庭在院子里挖了一个坑埋葬了十姐妹的残骸。剩下的四只小鸟在笼子里战战兢兢地叫了一会儿,不久便安下心来开始啄食。不知为什么,看着眼前的四只小鸟,大庭情不自禁地联想起住院期间等着动手术的八丁先生、和田先生、村上君,还有自己。

(这么说来,死了的小鸟不就是富冈先生吗?)

傍晚下班回家,儿子正在死了的十姐妹的墓上插一块用木片做成的墓碑。墓碑边上也种上了花草。儿子大概没有忘记无人凭吊的石像的后面种着一棵桃树。

"怎么样,好看吗?"儿子得意地问大庭。

"嗯,不错,"大庭脑子里想着富冈点了点头。"你见过十字架吧? 在那放一个十字架吧。"

Ⅱ

童 话

过去,伪满洲时期的大连住着大量日本人,还有日本人建的医院、机关和小学等设施。

那所小学的三年级里,有个绰号叫"乌鸦"的学生。他皮肤黑得像牛蒡,上课时身子缩成一团,可一到下课便神气活现地在教室里东跑西窜,发出奇怪的笑声,一刻不知消停,因此大家给他起了"乌鸦"这个名字。

乌鸦的父亲在称作"满铁①"的机关工作,全家住在离"满铁"很近的市中心。俄国人在帝政时代建设的大连,屋

---

① 即 1906 年至 1945 年日本在大连设立的"南满洲铁道株式会社"的简称。——译者注

顶上矗立着火炉和壁炉烟囱的房子排列得错落有致。在为纪念日俄战争胜利而用将军名字命名的大街和广场上，一排排洋槐和高大的白杨树十分井然有序。中国的老大爷们将鸟笼放在枝繁叶茂的洋槐树荫下，边喝茶边聚精会神地倾听小鸟的叫声。那些干苦力的人，干完活儿后也在树荫下稍事午睡，也有人嚼着红枣、大蒜头或者馒头。乌鸦放学后并不直接回家，他蹲在老大爷或苦力们的身边，两眼直勾勾地望着那些人往嘴巴里送食物。

一个秋天的黄昏，乌鸦带领三四个同学爬上壁炉的烟囱高高耸起的屋顶，眺望着远处，叽叽喳喳地大声喧闹着。乌鸦六岁的妹妹正在院子里。

"哥哥，你在干吗？"

她喊道。

"我们在看大爷。女孩子快走开。"

男孩们回答。和两天前一样，乌鸦用手工做的纸望远镜聚精会神地望着太阳正在西落的天空。寂静的黄昏，母亲带着妹妹外出去买晚餐的食材，自己的家里、院子里还有隔壁俄国人的家也都回归了宁静。乌鸦趴在屋顶上，透过浅灰色的空气，忽然发现了一张老大爷的脸，他留着大胡子。乌鸦从未见过那张脸。

乌鸦上学时把这件事告诉了同学。他不厌其烦地一遍遍地说着这件事，还添油加醋地说那个老大爷嘴上念叨着"狼哭夜个有家我惶惶地惶惶天"的咒语。最后连他自己都对大爷念咒语这件事有些相信了。

为此，有一天同学们说想要看大爷，便聚到了乌鸦的家里。他们一直等到太阳落山，气温下降，天色逐渐变得阴暗起来。大家开始发火了，骂乌鸦是"骗人精"。

"切！"

大家回去后，乌鸦摇着头，从口袋里掏出粉笔，趁着微弱的光线，在隔壁俄国人住宅的墙上写下"狼哭夜个有家我惶惶地惶惶天"。自己的确看到了那个大爷的脸，他嘟哝道。他很开心同学们不懂咒语中隐藏的秘密。"倒过来读"，他又有些不情愿地加上一句。

大连的日本人把日本称作"内地"。乌鸦生在大连、长在大连，不知道"内地"。他和其他孩子一样，从父母那里听到有关"内地"的话题，或者仅靠比日本晚两周发行的少年杂志中的插图自己想象内地的样子。乌鸦脑子里的日本景色是这样的：远处是一座座碧绿的青山，近处有个茶园，大概到了吃午饭的时间，头上包着毛巾的母亲和小女孩放下手里的活歇了下来。小女孩手里拿着水壶，母亲满面笑容地望着她。乌鸦从儿童杂志的封面上看到了这张幼稚的彩色插图,便不由分说地认定这就是"内地"。他还在写字台前贴上了这幅画,有时两手托着下巴长时间地凝视它,妹妹伸手想要摸一下画,他便会撅起嘴来发火。乌鸦过去没见过这样的景色。他所了解的自然,是犹如熟透的黄杏般火红的太阳从一望无际的超过自己身高两倍的高粱地西沉下去的大地。

不过,到了五月,大连的白杨树也会长出绿叶,柳树和洋槐也开始开花。在柔和的暖风吹拂下,无数棉毛般的柳絮在大街上轻轻飘浮,落到行人的肩头,甚至飞上屋顶。白花盛开的槐树下,有人挥着皮鞭赶车,和驴子很像的被称作"骡子"的动物蹄下发出"踏踏"的响声,花瓣儿落在骡子的背上和驾车人的膝盖上。

很快,大陆闷热的夏风吹了起来。日本人街区和中国人居住的地区也回归了宁静,西郊公园①的树林里不断传来朝鲜乌鸦嘶哑的叫声,苦力们如同死人般躺在漆黑的树荫下。这就是大连的夏天。到了十月初,寒风将槐树叶吹得四处飘散,整个大街笼罩在阴冷的空气中,大连开始进

---

① 即现在的"大连劳动公园"。——译者注

入寒冬和下雪的季节。

乌鸦九岁那年，大连也迎来了如此阴冷的晚秋。自那几天起，父母两人忽然变得很晚还躲在客厅里说话，谈的是他们打算分手的事。从孩子们房间的窗户上也能望见客厅里的灯光一直亮到深夜。乌鸦躺在熟睡的妹妹身边，仰面朝天，露出黝黑的脸蛋，只是睁大双眼目不转睛地望着客厅里的灯光。父亲严厉的呵斥和母亲的啜泣声不时传入他的耳朵。乌鸦用睡袍的袖子擦擦鼻子，钻进被窝，将手指插进耳朵里。深夜，结束争吵的夫妇经过孩子们的房间时，母亲哭肿的脸凑近将脸蒙在被窝里的孩子，父亲双臂交叉，一脸怒气地站在她身后。

"还用手堵住耳朵。可怜的孩子，可怜的孩子。……让孩子都受不了了……看他这样子你不心疼吗？"

"蠢货，别在孩子面前说这种话。"

乌鸦假装睡着了，眯缝着眼睛偷觑母亲和父亲。

从那时起，乌鸦在学校里愈发变本加厉地吹嘘自己胡编乱造出来的故事。课堂休息时间，他在教室里窜来窜去，告诉别人自己在大连神社附近的人家家里发现了一条不会"汪汪"叫但会回答"哈伊"的狗，在西郊公园看见了闪闪发光的矿石，那可能是金子。上课时，他不听老师讲课，只是自顾自地胡思乱想,各种空想源源不断从他脑海里涌现出来。放学路上,他带着信了他故事的同学,花一两个小时漫无目标地四处寻找那条狗,还在公园里捡石子,捡了扔扔了捡。沐浴在晚霞中的乌鸦开始相信自己编出来的谎话也许是真的。被他带着四处跑的同学累得精疲力竭。

"我要回去了。天冷了。"

听同学这么一说,乌鸦回答:

"再找一会儿吧,行不? 这次一定能找到。"

说真的,乌鸦其实是想拖延回家的时间。此刻,乌鸦的母亲在暮气沉沉的房子里如同化石般一动不动地发着呆。平时她会在这一时间怒斥不做作业还在院子里或孩子们的房间里淘气的乌鸦,但最近直到微弱的阳光逐渐从院子里消退,她依然一言不发地坐在房间里发愣。

因此,等同学抛下他回家后,乌鸦还是继续绕了很大一段路往回走。和往常一样,他用已经逐渐变短了的白粉笔在别人家冷冰冰的墙上写"狼哭夜个有家我惶惶地惶惶天",在落满槐树叶的街道上一动不动地观望俄国老头出售价格低廉的《圣经》和圣像。每到下午,这个老头便出现在离自己家不远的街道上。眼泡发红、戴着茶色帽子的老头身边,只有两三个中国人和两三个日本人的孩子围着他看热闹。

"耶稣永远、永远,"老头说着,大声地在脏兮兮的手帕上擤了擤鼻涕,擦掉眼屎。"和大家在一起哟。和大家一起玩耍哟。大家觉得冷了、大家心里的痛苦,他都清楚哟。"

他的话音刚落,一阵寒风将枯叶吹到空中。老头忽然一脸苦相地求大家买他的圣像。中国人笑着摆手,日本人的孩子们像唱歌一样开始起哄。乌鸦跑了几步又停了下来,老头满脸通红地举起拳头。

"关门! 阿门!"

乌鸦喊着,逃开了。

"小勉,去码头看船吧。"

一个周日的午后,父亲突然喊乌鸦一起去码头。乌鸦胆怯地仰视父亲,随后偷看了一眼身后的母亲。母亲板着脸,一语不发地擦着饭桌。

"我们去看船,小勉。"

四天前得了感冒的乌鸦做出一脸喝苦药水般的表情,手指伸进缠在脖子上的脏兮兮的绷带里。

"怎么了？不去吗？"

"嗯。"

乌鸦有气无力地回答，点了点头。他再次瞥了一下母亲，站起来。

周日午后的街上，被旋风卷起的纸屑和垃圾在灰蒙蒙的空中飞舞。闹市区人行道上小商贩密密匝匝的帐篷被风吹得"啪嗒啪嗒"作响，中国人商贩在倒挂着的野鸡和猪头下面招呼着顾客，四处弥漫着大蒜和猪油的气味。也有很多日本人，他们一家子挤在道路狭窄的热闹人流中。乌鸦看着那些不顾父母训斥在每个店铺里东跑西窜的日本孩子。

"你不想要什么吗？"父亲注视着乌鸦，将手放在他肩上讨好地问。"你不是说想要儿童照相机吗？那个东西叫什么？东乡照相机？"

乌鸦觉得父亲搁在自己肩上的手特别重。

"不要。"

"为什么？"

"郊游取消了……已经不需要了。"

乌鸦是在撒谎。他只是在想刚才板着脸默默擦着饭桌的母亲的表情。

"是吗?"

父亲用阴沉的目光俯视乌鸦。他将手指伸进头发中,突然像要甩掉什么人似的大踏步走了起来。

码头上很冷,风很大。遥远的灯塔闪着亮光,漂着一层油的海浪撞击着栈桥,发出轰鸣声。苦力们扛着水泥袋穿行而过。这片黑色大海的遥远尽头就是日本。

"在出船呢。"

身材高大的父亲双手插在口袋里,眺望着正在驶近灯塔的小货船。

"船真是个有用的东西。你不想坐船吗?"

乌鸦摇了摇头。

"船是个有用的东西。"

父亲望着黑色的大海和货船自言自语道,仿佛说给自己听。随后,他拍了拍裤腿上的灰尘。

"好吧,我们去买儿童相机。"

这次乌鸦看了一眼父亲阴沉的眼睛,不再摇头。就像刚才一样,他总算理解了在昏暗的房间里犹如化石般静坐的母亲。如果必须要伤害他们其中一个的话,乌鸦并不清楚自己应该选择哪一个。回家途中,在中国人的店里乌鸦默不作声地看着父亲为自己买下了黑色的立式照相机。

　　回到家里，不知何故父亲没有将买照相机的事告诉其他任何人，也没有给母亲和妹妹看照相机。父亲和乌鸦就像一对很有默契的父子，走进玄关后避开对方的视线，各自回到自己的房间。乌鸦将照相机盒偷偷地藏进了自己的宝物盒里，那里面放着少年杂志和坏钟表，以及郊游时捡的石头。

　　"和爸爸去了哪儿？去了哪儿？"

　　不久，走进孩子们房间的母亲抓住乌鸦的肩膀，不停地问道："没见其他人吗？你爸爸真的没见其他人吧？"

　　此刻，乌鸦第一次见到母亲刻板的脸上露出完全不同于过去自己熟悉的表情。这不是母亲的脸，是别的女人的脸。

　　没过两三天，照相机便被母亲发现了，是乌鸦不在家时妹妹找到的。

　　"这是怎么回事？"

　　妹妹躲在母亲身后，她用有些害怕又有些幸灾乐祸的眼神望着乌鸦。

　　"借的。"

　　"借的东西为什么要藏起来？"

　　"我想……"

"你撒谎。买这种东西来拉拢孩子……鬼才上当呢。"

乌鸦挨了母亲打,脸上热辣辣的,他双手抚着脸在房间的角落里哭了起来。将近黄昏时分,房间里变得昏暗起来,乌鸦不再流泪,只是一味地干号着。妹妹轻手轻脚地走近乌鸦。

她一脸好奇心十足的表情,用讨好哥哥的语气说:

"哥哥,对不起。对、不、起。"

"我讨厌你,还有妈妈……我讨厌你们女人,"乌鸦大叫着。"讨厌女人。"

到了十月份,冬天急速降临大连。冷空气长驱直入,街上响起震耳的骡车的蹄声便是在这一时期。戴着大手套的中国人,边在大锅里炒天津板栗边卖给路人,也是在这一时期。

在这个季节里,大连的孩子们从白杨树的落叶中挑拣又大又结实的树叶,用叶茎来一决胜负。他们将自己手里的叶茎缠住对手的叶茎后用力拉,叶茎没有断的一方获胜。狡猾的孩子会在杨树的叶茎里穿入铁丝。不管多么结实的叶茎都没法战胜穿入铁丝的叶茎。

乌鸦为了让自己收集的杨树叶变得更加结实,没少在这上面下功夫。他试着在叶茎上涂上蜡,将树叶放在热水里煮。终于有一天,他告诉同学自己找到了一种好方法。他说,只要照这种方法锤炼杨树的叶茎就能战无不胜。

"小勉,快教教我们。"

课间休息时,大家兴奋地围着乌鸦。乌鸦伸长黝黑脸颊下的脖子,眼珠滴溜溜地转动,露出十分得意的神情。他摆着手叫道:"这是秘密、秘密。"他很开心,只有自己知道这个方法。

不过,乌鸦只把这个秘密告诉了一个人,横沟君,那是他最好的朋友。乌鸦编造出来的秘方是将杨树叶埋到土里,每天往土里撒几次尿。横沟君将这一方法告诉了其他同学,其他同学又告诉了另外的孩子。很快,这件事传到了大冢老师的耳朵里。

"自己开动脑子想办法,这是小勉了不起的地方。不过,这种做法不卫生,赶紧收手。"

大冢老师在教室里对大家说。乌鸦受到老师表扬后脸红了起来,不好意思地挠着头。

最近母亲老是去住在乃木町的祈祷师老太家里。听说老太会对着狐神祈祷,接受各种神谕。母亲去她家是让她占卜家里和丈夫的事。

母亲带乌鸦去过一次老太家。老太的房子里弥漫着旧榻榻米的气味和厕所的气味。门头上挂着身着军服的天皇陛下和皇后陛下的泛黄照片，大概是从旧杂志的附录上剪下来的。老太笑嘻嘻地抚摸乌鸦的脑袋，把已经受潮的脆饼送到他手上。忽然她的两只黑眼珠聚到中间，点亮了神龛上的油灯。

在漫长的祈祷中，乌鸦躲在母亲身后胆怯地望着老太。老太嘴上嘟哝着什么，手掌合在一起，时不时地上下剧烈地舞动。

"太太，请多加小心。"

老太用可怕的眼神打量乌鸦。母亲定了定神——

"嗯嗯，到底有什么问题？"

"您先生要和您抢儿子，抢儿子哦。再说，这孩子，看上去也依靠不了。"

"你看、你看，"母亲装作没事人似的说。"这个结果有点不妙。"

可是回家途中，母亲突然停下脚步，猛地抱住乌鸦。

"小勉，记住啦，你是妈妈的儿子啊。小勉是护着妈妈的。"

"我、明、白。"

"你不明白。"

"啊啊、啊……别说了。"

乌鸦佯装打哈欠,忧郁的目光望着马路对面开阔的天空。天空很低,笼罩着阴沉沉的乌云。从现在起大连进入初冬,三寒四暖的日子将持续一段时间。乌鸦的脑子里莫名地生出了一种念头,他想离开妹妹和父母,一个人在乌云密布的天空下沿着这条铅灰色的马路一直走下去。

十月末,下起了第一场雪。日本人的住宅街区里来了一群苦力,他们提着包着破布的铁丝来打扫火炉和壁炉的烟囱。修女将煤炭从仓库搬到住房。雪下了一整晚后停了下来,粉状的黑炭稀稀落落地掉到白雪上。乌鸦将雪拢到一起堆了一个雪人,他像"内地"的孩子一样,用煤炭代替木炭为雪人按上了眼睛和嘴巴。

"哥哥,雪人的脸是歪的。"

穿着胶鞋的妹妹往手上哈气取暖。

"这张脸像阿门先生。"

"为什么?"

"我去周日学校玩的时候见过。"

乌鸦想起了俄国老头。就是那个在人行道上把画得很拙劣的圣画和圣像卖给路人的老头,孩子们一起哄,他便会挥起拳头。经妹妹这么一说,雪人的脸确实和老头卖的圣像中的阿门先生非常相像。

下过第一场雪之后,天气暖和了几天。三天寒四天暖的大陆型气候开始后,经过几次反复,便进入气温降到零下十度、十五度的严冬。雪人在壁炉的烟熏下,逐渐缩小,变得又黑又脏。

周日下午,父亲又叫上乌鸦和妹妹外出散步。这次不是自己一个,还带上了妹妹,乌鸦多少有些安心。不过,乌鸦和那天一样,边偷偷觑着母亲板着的面孔边穿上外套。

"小勉,"父亲走进玄关后,母亲轻声叫住两个孩子。"别走散了。你爸爸走到哪里你们都要紧跟着,不管爸爸说什么。"

称作"大广场"的中央大街与闹市浪速町的街角上开了家俄国点心店。日本人和俄国人用传统的俄国茶壶和茶杯喝茶,吃放入葡萄干的点心。父亲和乌鸦还有妹妹坐在熊熊燃烧的火炉边。乌鸦将冰激凌的勺子送入口中时,想起了一个人孤独待在家里的母亲。

"不吃了吗?"

"我吃不下了。"

"是你点的,"父亲一脸怒气。"小勉,你太任性了。好吧,幸酱,你把哥哥的那份吃了吧。你哥哥太任性了,真拿他没办法。"

妹妹用眼角瞥了一下乌鸦,做出一本正经的样子将乌鸦的冰激凌拿到自己手边。

"对了、对了……",父亲突然抬起头来,充血的眼睛看了一下墙上的挂钟,手伸进头发里匆匆挠了几下。

"爸爸有点工作要去一下,你们直接回家。"

想到出门时母亲的叮嘱,乌鸦的心情一下子沉闷起来。如果只和妹妹两个人回家的话,母亲一定会紧锁双眉,像化石一样一动不动地坐在那里。乌鸦不忍心见到母亲这副模样。

"怎么了? 你们两个能回家吧!"

乌鸦一声不吭地用脚尖搓着掉在地上的冰激凌融化的白水。

"好了好了,"父亲忽然用很温和的语气说。"不用担心,一起回家。"

走出店门,外面的空气十分寒冷,大广场上,枯黄的草地上的残雪反射着青光,等着拉客的平板车前的骡子一个个看上去冻得奋拉着脑袋。心情一下子放松下来的乌鸦开心地高声唱了起来。

"稀奇古怪牛,耳朵大过头。头在前头走,耳朵在后头。"

"你唱的什么歌?"

"现在学校里很流行的歌呀。大家都在唱,爸爸。后面还有呢,耳朵在后头,头在前头走。好笑吧。"

"是这样啊。小勉,其实,"父亲边走边重重地叹着气。"其实……"

"其实,你妈妈家里有事,可能要回内地。"

父子三人嘴里吐着白色的热气,沉默不语地走着。

"爸爸留在大连。所以,"父亲特意振作精神,提高了声调,可听上去有些刺耳。"幸酱是个女孩子,所以和妈妈一起回内地……小勉,你留在爸爸身边吧?"

马路对面的槐树梢上还顽强地留着一片叶子。它顽强地残留着、顽强地残留着。为什么是我,为什么要逼着我说谎,乌鸦想。

"不能让幸酱也留下吗?"

乌鸦心里想问的是妈妈不能留在大连吗?可他觉得这样问的话一定会让爸爸为难,所以说了妹妹的名字。爸爸心里明白。

"幸酱年纪还小,不在妈妈身边会很孤单。是不,幸酱?"

"我想和妈妈在一起。"

妹妹点了下头,讨好似的拉起父亲的手。和妹妹的举动相比,乌鸦打心底里觉得佯装不明白自己心意的父亲更加狡猾。

"小勉快要上中学了,转学会影响学习成绩,那样划不来。还是和爸爸在一起比较好吧。……你好好考虑一下。"

那天晚上,客厅里的灯光一直亮着,父亲的高喊声和母亲的啜泣声又传到了孩子们的房间,已经很久没有发生这样的事了。乌鸦将手指插进了耳朵里。

日本人住宅的仓库里抓到了偷煤炭的小偷。小偷是四十岁左右的中国人。听说小偷将煤炭往口袋里装的时候,被刚来仓库的这户人家的老奶奶打开门后撞上了,她刚好抵达仓库。老奶奶用肥硕的臀部顶住门,双手抵在仓库对面的墙上,高声喊人。

警察赶来之前仓库外面已经围了很多日本人和中国人。当然,乌鸦也全速跑到了那户人家里。他那张像牛蒡一样黝黑的脸蛋从第一排人群中探出来,专注地看着警察用绳子捆住小偷。那个中国人身材高大，留着胡须，看上去是个很健壮的人，可他就像个被抓的小偷那样一动不动地站着，也不反抗。

小偷被带去了大连神社附近的岗亭。孩子们稍稍间隔一点距离，吵吵嚷嚷地跟在警察身后。孩子们伸长脖子从岗亭后面的窗户朝里望去，在铺设着榻榻米的小房间里，中国人被两个日本警察交替殴打。他们用拳头打、用脚踢着。一个人打的时候，另一个警察便歇着，把手放在火盆上烤火。乌鸦突然觉得很害怕，跑回了家里。

母亲站在玄关里发呆。

"听我说，"乌鸦喘着粗气。"大冢家进小偷了。"

"别多管闲事，"母亲说。她脸上的表情很吓人。

"快去追你爸爸，刚才，他偷偷跑了。他去见谁了，快给我看看去。"

母亲拽着乌鸦脖子上的围巾，将他推出大门。从家门口通往大广场的铅灰色的马路上，不可思议地见不到一个行人。乌鸦走到马路的尽头，前面是一条向下的坡道，忽然，他发现了一个很小的背影，是父亲。父亲没穿外套，双手插在口袋里，正大踏步地向前走。乌鸦用牙齿咬着围巾，追赶上去。

"小哥,坐马车吧?"

空的骡车停在乌鸦身后,驾车人喊道。就在这一瞬间,父亲的身影不见了。

微弱的阳光照在父亲刚刚经过的坡道上,只有三四个苦力蹲在有阳光的地方抽着烟。

"小勉。"

乌鸦的身后传来父亲的叫声,乌鸦不知他是从什么地方冒出来的。

"怎么了?"

"……"

"原来是你妈叫你来的啊。……是这样啊,"父亲一脸无奈地注视着孩子。"真伤脑筋哪。"

乌鸦将脸蛋埋在被唾液弄湿了的围巾里,也重重叹了一口气。他比父亲更想哭。

"小勉,爸爸和妈妈要离婚了。你还不懂这些,我们过不到一块儿去。你和爸爸一起生活吧。"

"为什么?"乌鸦脸涨得通红,使劲忍住快要流出来的眼泪。"为什么? 为什么? 我,讨厌,这样。"

"我不是告诉过你吗,"父亲大声说道,声调不淡定了。"爸爸必须把你培养成出色的孩子。现在让你受那么多的罪,我一定会加倍偿还的。幸酱由你妈妈抚养,爸爸会抚养你。"

乌鸦全神贯注地凝视着父亲一张一合的嘴唇,此刻,他在人生中第一次感受了和自己撒过的那些谎全然不同的谎言的气味。不知为什么,他感到父亲的谎言更加悲哀、更加残忍。两人在夕阳西下的坡道上四目相对,似乎几百年前起就有一对父子在大连冰冷的空气中以这样的姿势相向而立。

"不是这样。爸爸……"突然,父亲的眼神变得动物般那么悲哀。"爸爸怕孤独。怕冷。爸爸想让你留在身边。"

啊啊,这也是撒谎。可是,怕冷这个词,戳到了乌鸦最难以承受的痛点。那双凝视着自己的眼睛,不是作为父亲,而是哀求着自己的大人的眼睛,动摇着、撕扯着乌鸦。

"能留下吗?"

"嗯。"

乌鸦从围巾里轻轻地发出了不知是叹息还是承诺的回答声。这是他背叛母亲的一声。

父亲先进屋子里去了,乌鸦一直站在玄关前。他和父亲的约定一会儿就会传到母亲的耳朵里。今晚,客厅的灯光大概又会彻夜长明,得知乌鸦背叛了自己的母亲的哭声一定会响到天亮。乌鸦背叛了母亲。

（狼哭夜个有家我惶惶地惶惶天）

乌鸦搓搓手，解开外套和裤子上的纽扣，躲在围墙后面对着残雪撒尿。被尿液融化的白雪，像暑假时吃的柠檬冰激凌那样变成了黄色。昏暗的院子里，变小了的雪人模样难看地倒在地上。妹妹叫这雪人"阿门先生"。乌鸦回想起十字路口的俄国老头说的话，他边说边用脏兮兮的手帕擤鼻涕、擦眼睛。

"耶稣永远、永远和大家在一起哟。和大家一起玩耍哟。大家觉得冷了、大家心里的痛苦，他都清楚哟。"

什么呀，他清楚什么呀，他清楚什么呀，乌鸦开始用鞋子踢雪人。他越想越生气，便开始用白色的粉笔在冰冷的墙上写"狼哭夜个有家我惶惶地惶惶天，倒过来读、倒过来读、倒过来读"，他写了一遍又一遍。

杂木林中的病房

"她什么时候诊断出得了麻风病？"

"昭和十五年，二十多年前了。"

T君翻开手账，回答我的问题。

7月上旬的某日，接近中午时分，我们坐在在富士山麓下 G 站的候车室里。雨滴打在候车室脏兮兮的窗户上，对面一辆车身湿漉漉的开往东京方向的列车正慢悠悠地吐着白色的蒸汽。

"她从那时起就住进了这家医院。当时这家麻风病医院是良家出身患者的藏身之地，外人不知道这里。"

T君说着，目光落在了手账上。"一个月后，经过精密检查的结果，她并没有得麻风病。可她还是留在了医院，干起了护理病人的工作。"

"病人？麻风病人？"

"那当然。"

候车室里，准备去爬富士山的青年男女们将双肩包放在地上，"金刚杖"①夹在两腿中间，言谈中时不时地流露出对天气的担忧。有人打算先爬到五合目，雨下大的话就原路折回。也有人考虑在这里住一晚，明天再爬山。

最近，携带式收音机好像成了年轻男女的必需品，从我身边的年轻人身上传来了爵士乐，也不知道他将收音机放在身上的哪个部位。年轻人嘴里嚼着口香糖，跟着音乐节拍不断晃动着双腿。

"说实话，"我注视着那两条腿低声说。"我上学时来过这家医院。"

"哦？"

T君露出吃惊的神色，他用布擦着相机的镜头。

"来参观？"

"不是参观。该怎么说呢，说起来有点言过其实，慰问病人。你大概也了解过，岩上神父不是当过这家医院的院

_____

① 登山者用的白木杖。——译注

长吗?"

"没,这件事没了解过。"

"哦。那位神父自费在信浓町建了一座学生宿舍,战争期间我就寄宿在那里。由于这层关系,我和其他寄宿生一起来过这里。"

"这么说来,这次是第二次?"

"是啊,说得没错。"

T君是某妇女杂志的摄影记者,今天因杂志的"麻风病之友"专题来为医院工作的修女们照相。他尤其想报道其中一位修女。她过去被误诊为麻风病住进了医院,在确定为误诊后还是留了下来。我碰巧听T君说起这件事,便让他带我一起来。

"西堀先生,您可真是好事之人啊!"

听了我的恳求,T君笑道。不过他还是答应了。

"那好,医院的采访报道就拜托西堀先生了。"

"别开玩笑,那我撤回请求。"

"虽说是工作,去麻风病院我也没有什么好心情。既然西堀先生这么热心,不如让您干点什么。"

"我压根儿没打算干点什么,只是想跟着去一下。"

不凑巧的是一大早便是要下雨的天气。透过车窗望出去,有乐町的街道已经完全被雨打湿了,过了箱根,也全然不见云间露出一丝亮色。出了车站,环视四周,乌云遮蔽了整个天空,富士山自然也不显露真容。站前广场上的土特产店里没有几个顾客,女店员用鸡毛掸掸着陈列在店门口的竹器和羊羹上的灰尘。

我不太记得十九年前和现在的光景是否一样,假如硬要在脑子里搜索一下的话,依稀记得灰色天空下的灰色广场上,有几户矮平房的人家并排在一起,不过也不确定。战争进行得如火如荼的年代,留在我记忆中的,无论是东京还是乡下街道的光景,无不笼罩在昏暗而阴郁的气氛中。

这个广场上,有五六个扎着绑腿、身着教练服的学生站在昏暗的房屋前等大巴,这里面也有我的身影。说实话,那时的我和其他学生不同,对去麻风病医院多少有些不安。不,那种心情远远超出不安,是恐惧和不愉快。

由于建造宿舍的岩上神父是该医院的院长,我们这些寄宿生每年去慰问一次患者便成了一种惯例,参加这一活动也成了寄宿生们的习惯。

当然,如果不想去的话也可以不去。不过,一来我不喜欢别人觉得我是一个缺乏(基督教所谓的)爱德的人,二来也有一种虚荣心作怪,于是决定参加这项活动。因此,无论是在开往 G 站的列车上,还是下了火车在这个广场上等待大巴,为了在别人面前掩饰自己的厌恶感和不安,我都刻意表现得十分活跃。

"活动的安排大致这样。"

在大巴抵达前,岛崎宿舍长告诉大家。

"医院里有一间小会议厅,我们把患者集中起来,为他们表演节目和短剧,这个环节结束后,也是慰问活动的惯例,还要和医院的棒球队打一场比赛。"

"医院棒球队?"有人小声问。

"是职工棒球队吗?"

"不是,是患者棒球队。"

岛崎刻意说得很轻松,但镜片后面流露出一丝不怀好意的眼神。大家瞬时不安地沉默下来。

我十分清楚这些人的心情,大家和我怀着相同的想法。在会议厅里表演节目不至于和患者直接接触,如果打棒球的话就完全不同了。当然,没有一个人说出这种想法,他们和我一样,谁都不想被人看成是个缺少爱德的人。

大巴载着我们穿梭在冬季干枯的杂树林、旱田和乡村的小道上，向目的地医院进发，沉默一直在持续。不知是谁实在无法忍受这种沉默，小声唱起了校歌，但没有人回应。

抵达目的地后，大巴把我们抛下后便开走了，我凝视了片刻褐色灌木林中那条唯一的结了冰的小道。杂木林中能见到住院楼细长的屋顶。住院楼附近的空地上有一栋四角形盒子模样的建筑物，那里面是办公室和诊疗室。

事务长和在医院里工作的修女们在诊疗室里迎接我们。事务长像个学校里的勤杂工，穿着立领西装。

"患者们昨天开始就开心坏了，伸长脖子盼着大家呢。这里经费太少，没什么娱乐设施。就说那些做蛋糕的面粉……"

他用下巴示意我们看摆在桌子上的蛋糕，是修女们为我们准备的。

"是患者们为大家收集来的食材……"

那是个战争进入白热化后根本无法见到蛋糕的年代。尽管如此，仅是听了事务长的这番话后，我的食欲便消失得一干二净。

"不过……"

忽然，事务长的表情变得严肃起来。

"在见到患者之前，大家需不需要做些预防性消毒？"

大家默不作声地用叉子切着蛋糕。如果回答要消毒的话，不就表明害怕得病，害怕病人吗？

"什么消不消毒！"

岛崎用生气的语气答道。

"不需要那个。我觉得……"

"明白了。"

事务长似乎被对方的说话语气惊到了。

"那好。"

他站了起来，招呼大家跟他走。

我们走出办公室，经过通道走向病房。院子里晾着破旧的工作服和其他衣物。没人提问，事务长直接说开了。

"洗衣服对患者来说是很重要的工作。得了这个病的人手指会麻痹，还会变弯，他们不会揉搓。连纸拉门也不能用，因为手指不听使唤，很容易捅破。"

过了通道，一进入住院楼消毒液的气味便扑鼻而来。楼道的尽头突然冒出一个穿灰衣服的男人，他一看到我们立刻逃开躲了起来。

"患者、大哥……"

事务长迟疑了一下低声道。他开始只说了"患者"二字，"大哥"听上去是补充上去的。

我们被带到会议厅，已经有三十多个患者等在那里。我一眼望去，似乎尽是老人。坐在前排的老人们就像来出席学校的汇报演出那样，将手搁在双腿上等着观摩自己的孩子或孙辈们表演。

来慰问患者的我们将视线落在他们身上。忽然，我们醒悟过来，那些老年患者实际上大多是中年男人。不，我们很快察觉到，他们中不光有中年男人，还有青年、女人。由于掉了头发，脸颊泛红并涨得鼓鼓的，所以我们把他们看成了老人。他们毕恭毕敬地双手将放在膝盖上，安静地注视着我们，没有人发出一声咳嗽声。我想起事务长刚才说的话——他们昨天开始就兴奋不已，伸长脖子盼着大家呢。我曾经那么厌恶他们，此刻，我为自己的这一念头感到羞愧难当。

（我真是个丑恶的人啊，十分丑恶。）

我非常沮丧，观察着大家的表情。每个寄宿生都耷拉着脑袋，一脸做错了事后被人训斥的表情。大家低着头，但还是无法掩饰对病人本能的恐惧。

有人表演唱歌，也有人朗诵诗歌。像我这种既不会唱歌又不会朗诵诗歌的人,只能扯着嗓子和大家一起合唱校歌。这些已经是我们能表演的节目的极限了,患者们自始至终双手搁在膝盖上认真听着。缺少娱乐设施的这家医院的患者们,甚至连学生们拙劣的演唱、莫名其妙的诗歌朗诵大概都觉得十分享受。

我和寄宿生们勾肩搭背地合唱着校歌,心情变得愈发阴郁起来。

(你们是一群伪善者!)

我的内心清晰地听到了从脑子里不知什么地方冒出的这么一种声音。事实上,我们的内心被恐惧深深地笼罩,恨不得立刻逃离此地,究竟为了什么目的我们还在进行要猴一样的表演?冷嘲热讽的声音挥之不去。

合唱终于结束了。病人们为我们鼓掌。手腕无法动弹的病人,举起木棍般的手臂,做出欢呼"万岁"的姿势。

"下面是棒球比赛啦!"

不知是谁兴奋地高叫道,这个声音听上去非常刻意。每个人的内心一定和我一样听到了"伪善者"的嘲笑。为了逃离这种声音,我们需要尽快地完成下一步的任务。

棒球比赛定在住院楼后面树木被砍伐了的一块空地上进行。对方是手脚还算灵活的男患者,他们的症状较轻。他们先到了一步，站在较远处观望着我们。

微弱的阳光透过云层洒将下来，长满杂草的场地上出现了星星点点的斑斓色彩。

"我，不太会打棒球，让我打外场吧！"

我赶紧宣告了自己的位置。我寻思，打外场的话，只要站在这块空地的一个角落里便万事大吉了，就像个旁观者那样，等着这一棘手的任务结束。岛崎和其他人不满地看了我一眼，不过谁都没说什么。

对方的麻风病人们踩着草地向我们走来。无论从裤子、运动服上，还是从戴着手套、手拿棒球的姿势上，一眼看去他们和普通人没什么两样，但是，一旦靠近，便能发现他们每个人的脸部都在抽筋。除了肤色带有麻风病人特有的光泽，脸颊如同婴儿，还歪着嘴唇。

站在最前头的男子开口说了些什么，但听不清内容。由于他歪着嘴说话，所以无法准确捕捉到他的发音。

"哦们开喜吧！"

"嗯？"

岛崎又问了一遍，总算明白了是"我们开始吧"。

"好。"

岛崎点头道。

大家慢吞吞地分散到自己选定的位置上。岛崎担纲投手,矢岛一垒,性格懦弱的冈部十分倒霉,担纲其他人谁都不愿意干的接手的位置,他一脸哭笑不得。

我站在外场远远地观望,球在岛崎和冈部之间传来传去。阳光不时穿过云层泄漏出来,又不时地躲到云层后面,脚下的草地里有时倏地变得漆黑一团。我猛然想起上中学时一个年轻教师在国语课上讲的故事。冬天,有个外国圣人将自己的衣服送给了倒在路边的麻风病人。可是那个麻风病人开口道,如果你真爱我的话,请你拥抱我,用你的体温给我温暖。圣人将身体趴到麻风病人身上,抱紧对方。

"再紧一点,"麻风病人要求道,"再抱紧一点。"

圣人使足了力气。

"再紧一点,"麻风病人说,"再紧、再紧,再用点力。"

两人的身体没有一丝缝隙地紧贴在一起。突然,麻风病人的身体开始发光,麻风病人变成了基督。

(我可不是圣人,只是个碌碌无为的凡夫俗子而已。)

我注视着脚边在微弱阳光照射下的草丛,吐了口痰。

第二回合和第三回合轮到我击球,第二回合时我选择了三击不中。我几乎没有心情击球,所以选择空击是最简单不过的了。

到了第四回合，阴差阳错，我的球棒击到了对方的球。

我跑上一垒，可是球还没有返送回来。此刻，本不应该快速跑动，可我一心想着出局，拼命跑了起来，这样一来便被一垒员和二垒员夹在了中间。

我跑着，回头看去。守着一垒的病人手里拿着球在身后追赶。

他竭尽全力的专注神情映入了我的眼帘，鼓起的脑门上有颗玫瑰色的圆点。

我停住脚步。我无法前行，可也无法转身逃跑。我注视着地面，僵立在那里。追上来的病人轻声催促道。

"跑，快跑!"

他没有把球投向我。

"跑，快跑!"

十九年前，那个男病人认真催促我的话，令我至今记忆犹新。不仅是那句催促我的话，还有当时他低声的语调。

我眺望着前广场，再一次回味着这句话。十九年来，我有时——说实话也只是有时，在想到自己的丑恶时，"跑，快跑"这句话便在我内心里复苏，和微弱的阳光洒落在空地上的光景一起。

T君说我好事,其实连我自己都不明白为什么非要恳求他带我来医院。我并不是因为对那时的自己感到羞耻而想以现在稍好一点的姿态再去一次医院。我没有那种自信说,自己和十九年前相比有了些许进步。去了医院,也许还会和以前一样表现得十分不堪。尽管如此,在听到T君说起去医院的话题时,忽然有了一种想去医院的冲动。

大巴来了,我还有T君和那些手持金刚杖的年轻人一起上了车。我们前排的座位上,两个白人和黑人美军在说话。

大巴开始在雨中行驶。富士山脚下旱田和杂木林无边延伸的原野景色和十九年前相比似乎没有什么变化。

T和我说着什么,我心不在焉,并没听进去几句。

"人种歧视的问题,在个人中……"

T君好像在说前排座位上交谈甚欢的黑人和白人士兵。现在的我并不觉得光靠社会革命便能解决人种歧视的问题。如果不从根本上改变人们对外貌、人体美丑的观念,即便想平等地对待白人和黑人,也难免会让人觉得那种行为中带着伪善,或者说在做慈善的气息。现在的我也许挺神经质的。

过了名叫"驹留"的村落,我们在后一站的停车站下了车。那里的小河、那里的杂木林,果然让我觉得似曾相识。雨终于停了下来。富士山一侧乌云密布,时而风起,吹落树上的水滴。

住院楼和办公室几乎没有变化。我们被带到了相同的房间,修女们拿来了罐装饮料而不是蛋糕。T君想要采访的修女看上去十分温和。

为了不打扰T君工作,我走出办公室,漫无目的地注视着住院楼和办公室中间地带的院子。

一个外国中年修女微笑着向我走来。她的日语流利得几乎听不出和日本人有什么区别。她说自己来自加拿大。

"你看,右手那一带不是种着香菇吗?那是患者们种的。"

"是为了自给自足吗?"

"这种病的治疗不能用健康保险,政府给的钱也不多。所以对我们来说……有人捐款的话,哪怕一日元也很乐意接受。"

"这个……"

我苦笑着，不知怎么应对。

这位和蔼的修女似乎是这里的老员工，侧脸依稀透露着她不输于男人的好胜性格。

她解释道，这里百分之六十的患者不带菌。多亏战后开发的新药 DTT，韩森氏病（她说现在已经不叫麻风病）已经成了可治愈的疾病。因此，问题在于这些无菌患者如何重新回归社会。手足和面部一旦变形，即便接受整形手术也无济于事。回归社会的患者也因此无法掩盖他们曾经是麻风病人的事实，从而受到歧视，失去工作。

"所以，很多已经出院的患者又重新回到医院。这是个很棘手的问题。您不这么认为吗？"

我点了点头。

"您想参观病房吗？"

"嗯，麻烦您了。"

我跟着修女走进细长的通道。奇怪的是我对去病房既没有感到不快，也没有担忧。我似乎在道路两侧的杂书林和旱田中看到了十九年前自己惊恐不已的丑态。

这是为什么？是因为修女告诉了我他们中很多人都成了不带病菌的患者这一事实？应该有这一层关系，但并不完全因为此。也许是因为和那时候相比,自己有点长大了,变得有点不那么自私自利了。可是,为了这个"有点",我花了十九年人生的时间啊。可是,这并不是所谓的爱,只是我也到了稍微有点知识的年龄了,我知道麻风病人的世界和我们的世界没有什么不同。

我又想起了那个拥抱麻风病人的圣人的故事。我想,那样的圣人活在与我完全隔绝的世界中。只是一瞬,我眼前出现了那位圣人非人的⋯⋯如果说他是非人太不敬的话,那就是和我们之间没有任何关联的超人般的形象。

"请看,这是只鸡窝。小鸡一跑,大家就会乱作一团。麻风病人手指神经麻痹,所以抓不了小鸡。这也是个棘手的问题。"

修女指着用树枝制作的鸡窝,笑着说道,还做出个为难的手势。

不,圣人不是生活在与我们隔绝的世界中。眼前的这位修女,还有 T 君现在正在采访的日本修女,她们一生都和麻风病人一起生活在这片杂木林中。

她们的这种意志和情感,我绝对不会拥有。在十九年的生活中,我只是在立志成为小说家的道路上,才培养起了点滴试图感同身受他人的悲伤和痛苦的情感,可是这一"点滴"和修女的生活相比,可怜得实在微不足道。

"在医院去世的病人墓地在什么地方?"

"墓地?"

"嗯,墓地。"

"啊,您说的是 cimetière①。"

修女点了点头,先迈开了步子。

杂木林的尽头有一片略微倾斜的草地。如果我的记忆没有出错的话,我们在这里玩过棒球。

"患者们……"

"嗯。"

"您玩棒球吗?"

"嗯,过去,经常玩。现在应该是比较喜欢听收音机或者电视上的转播。"

柞树和枫树上还在不停滴着雨滴。草丛中淡紫色的风铃、毛蓼鲜花绽放。杂木林的背阴处矗立着四排黑色的墓碑。笑田晴二、三十八岁、昭和三十年去世;贝特劳·大村、五十六岁、昭和二十九年去世,每块墓碑上都刻着麻风

———————————

① 法语"墓地"之意。——译注

病人的名字和受洗后的名字。说不定其中也有和我打过棒球的人的名字。

"跑,快跑。"

也许,这个低声催促我的男人也在他们中间。我低头凝视着被雨水和烂泥弄脏了的墓碑,想起了那时一起来医院慰问的寄宿生们。岛崎战死在新几内亚。担纲接手的冈部遭遇了原子弹爆炸,战后因病而死。麻风病人的世界和我们的世界没有不同,望着这些墓碑,我甚至产生了这样的感慨。

"这里一个病人都没见到。"

"现在是劳动时间。男士都去了较远的旱田。女士干刺绣的活。她们刺绣的东西,要卖出去,那样就有钱了。"

修女解释说,手指麻痹的女病人拿不了绣针,所以想出了用很粗大的针来代替的办法,结果她们在布上绣出了漂亮的图案。

此时,杂木林的背阴处忽然出现了一个男人的身影。

男人是个秃头,穿着工装,看上去五十岁左右。他一见到我们便又转身试图躲起来。十九年前事务长带我们去会议室,走廊对面突然出现又立刻逃走的那个病人,在我脑子里和眼前的这个男人重叠在了一起。

"松井先生、松井先生。"

修女叫他的名字。被称作松井先生的这个男人表情困惑地向我们走来。

"松井先生,请您过来一下。"

我本能地绷紧了神经。

"干完活了?"

"嗯。"

"下着雨,辛苦了吧。"

和松井先生说着话的修女命令道:

"松井先生,请把手伸出来给我看一下。"

我一开始并不清楚修女为什么要这么做。松井先生很不情愿地把手伸了出来,他的五根手指弯曲着,都像被冻得痉挛了起来。修女用右手握住他的手指,一根根地为他揉搓。

"就算是这样的手指,患者们还是能自如地干活。"

她转身面向我,在我眼皮底下揉搓着那人的手指。

修女的镜片后面是坚毅的目光。和具有征服性的修女的眼神形成对比的,是手指被修女抓在手里的松井先生有点害羞、有点忧伤的表情。

修女为什么要这么做?我困惑地注视并比较着修女

的脸庞和松井先生的表情。难道是让我同情患者的痛苦？
如果是这个意图的话，那什么都不必说。难道是让我反思
人世间竟然还有此等让手指变得如此弯曲的人参加劳动
的事情？可是，告诉我这些又能怎么样？

　　我依然十分困惑，注视着还在为松井先生揉搓手指的
修女那双典型的白人才有的大手。也许她想在我面前展
示一种英雄主义情怀吧——请看，我们不怕麻风病，我握
着患者变形的手指，在为他揉搓。

　　的确，她并不伪善。但是，即使不伪善，那无疑也是来
自一如这位修女般杰出的女性也难以舍弃的最后的虚荣
心。如果不是的话，她应该明白，因自己丑陋的手指被展
示在他人面前而感到异常狼狈的松井先生的心情。

　　对于修女的虚荣心，我并没有觉得不快。最重要的
是，我无权批评这位将自己的一生都奉献给了麻风病人的
女性。

　　尽管和十九年前以及现在的我并不能同日而语，但
是，甚至怀着那么强烈信仰的女性也表现出了另一种（小
小的）虚荣心，这让我大大松了一口气。

　　修女一松手，松井先生赶紧跑进杂木林消失得无影
无踪。

一个小时后，T君和我在医院门口再次坐上了大巴。大巴上，和来时一样，黑人士兵和白人士兵并排坐在相同的座位上。

"太难了。"

我望着两个军人叹了口气。

"怎么啦?"

"怎么说呢，刚才我在事务所的图书里发现了格林的小说。"

和修女道别后，我一个人在办公室的客厅里等着采访还未结束的T君，偶然在一个角落的书柜里发现了一本格林的小说。是麻风病院收藏的小说。医院里大概也为修女或来客专门买些书放着吧。我"唰唰"地翻着书页，看到了这么一段。

新药DTT刚问世时，在美国麻风病医院里工作的修女们中间引起了一场恐慌。有修女问医生:

"那样一来的话，患者是不是就要离开这里?"

"是的，会有那么一天，他们不再需要医院。"

"那么，我们就要失去用一生来实践爱德的场所了?"

修女们似乎为新药的出现让她们永远失去奉献自己全部爱心的机会而感到十分痛苦。我读着这段文字，想起刚才用手揉搓松井先生变形手指的白人修女的手掌和她坚毅的目光。

　　大巴一直行驶在泥泞的小路上,病房的屋顶在杂木林中变得越来越小,最终消失了。

回 乡

　　生活在长崎县的伯父走了，据说倒在了厕所里。他是已经去世的家父的亲兄弟，没有孩子。妹妹说要去参加葬礼，老家的红白事怎么可以没有亲戚参加。伯父像父母那么照顾过她，所以她有参加葬礼的义务。

　　"哥哥，你怎么打算？"

　　"我嘛……"

　　我右手揉着脖子，稍许犹豫了一会儿。伯父和我不在一个户籍里。祖父把次子，也就是家父送给了鸟取的医生当继子，所以我们兄妹的户籍在鸟取县。

　　"我考虑一下，"我又用右手揉了揉脖子，回答得模棱两可。"明天一早给你电话。"

"考虑一下……啊,"妹妹眯着眼睛学我说话。"和老爸越来越像了。老爸也是,和他商量什么都是'我考虑一下',不像个男人,做事一点儿都不干脆利落。"

"老爸在银行干的时间太长了,养成了谨小慎微的性格。"

从院子里传来妻子训斥孩子的刺耳声。我起身向院子望去,孩子紧抱着一只皮球,站在夕阳斜照的草坪中间。

"好好想想,自己做得对不对!"

好像是因为儿子看到隔壁的小孩被比他大的小学生欺负而默不作声,所以惹得妻子大发雷霆。妻子最不喜欢这种事情。

"最看不起那种没有男子气的孩子。你就给我站那儿。"

妻子的大嗓门一直传到二楼。妻子关上了窗户。妹妹缩了下脖子。

"我在这待的时间长了她心情不好吧?"

"蠢话,怎么可能。"

"嫂子不喜欢我,不是吗?"

妹妹准备回家。她走进玄关,就像忘记了刚说完妻子的坏话,没事人似的和正从厨房里走出来的妻子相视一笑。院子里，被夕阳晒得一头臭汗的儿子还歪着嘴站在那里。

"喂，行啦，快过来吧。行啦，哭什么。运动鞋扔在那又要被你妈骂了，快给我。"

年少时我也非常胆小怕事，但从没有像妻子骂儿子那样挨过骂。我提着儿子刚才踢甩出去的帆布鞋走向通往厨房的楼梯口，考虑着要不要去长崎。提在手里的运动鞋发出阵阵臭味。儿子肯定和我一样长着一双汗脚，最近才为他买的这双鞋子里已经脏得发黑了。我父亲也是汗脚，所以应该是遗传。

那天晚上，吃晚饭时妻子有些不高兴。

"千惠子一个人去不就行了吗，她给那边添了不少麻烦。你和她不一样啊。"

"可那是我唯一的伯父呀！"

"飞长崎的机票贵着呢。"

"除了参加伯父的葬礼，我还想利用这次机会回自己老家看看。"

由于父亲去了鸟取作继子，所以我从未去过长崎县。自己祖辈生活的村子长什么样，周围有什么样的风景，我一概没有见识过。虽说从这层意义上我想去一趟长崎,但正像妻子所说的那样,究竟有没有必要为此付出昂贵的机票钱?

吃完晚饭我回到自己的卧室,妻子和孩子在楼下看电视。过了四十,虽说只被称为"初老",但我已经有了吃过晚饭后立马把自己关在卧室里的嗜好。在卧室里也没有什么事可做,只是用个小收音机听棒球赛直播,或看看围棋的书。

(过去我老爸也这样。)

我学生时代,父亲和现在的我一样,吃完晚饭后马上回到自己的卧室,从来不和家里人说笑。

"这种状态,人生究竟有什么乐趣?"

我和妹妹小声议论。一听到父亲走向洗手间的脚步声时,我们立马住嘴。可是,自己也才刚过四十,干的事情却和父亲毫无二致。刚才妹妹说我和父亲越来越像,也许她真的没有说错。尤其是我发现进入中年的自己居然继承了年轻时最讨厌的父亲的这个嗜好,这时常让我惊恐。

昏暗的灯光下,自己的身影映在墙上,边用右手揉着脖子边看围棋书,这种形象也和父亲十分相像。

　　长崎住的旅馆在风头山的半山腰上，能俯瞰街景。我穿着宽袖棉袍走到走廊上，夕阳映照下的海湾尽头，海角不断向外延伸。海湾的内侧，货船和油船正在抛锚。视野中宽阔无际、泛着白光的街道上的各种嘈杂声甚至传到了半山腰，难以区分是汽车声还是日常生活的喧闹声。

　　"长崎中学在哪里？老爸在那所中学里读到二年级。"

　　女主人端茶来了，我让她指给我看大浦天主堂哥拉巴园等地的位置，心想父亲中学时代见到的长崎应该不会这么现代吧。

　　"这里有什么特产？只有乌鱼子和龟甲工艺品吗？乌鱼子哪里都能买到，寄到东京也没人喜欢。"

　　"生活在这里的祖先都是些什么人呢？我过去从没兴趣研究什么人和我有血缘关系。"

　　女主人走出房间后，我从包里取出新袜子。坐在飞机上，脚闷得出汗，把袜子弄得有点潮兮兮。

　　"你说，要给女主人多少小费？"

　　"一千日元应该差不多吧。"

　　"真是个书呆子，"妹妹笑了起来。"谁会给一千日元小费？我觉得五百日元足够了。"

　　大街的右侧，三菱船坞的烟囱冒着青烟，那个方向应该就是投下原子弹的浦上。左侧有一座十字架金光闪亮的修道院。祖父离开西彼杵半岛上名为三代田的村落后，在长崎从事过一段时间园林业的工作。

"老爸好像对长崎没什么记忆吧，老听他说鸟取的事情。"

和山阳相比，生活在面向日本海的山阴地方的人常常被人认为做什么事都谨小慎微，我父亲就是这种性格。我无法通过晚饭后便远离家人独自一人躲进卧室里的阴郁父亲的形象，想象这个充满活力的长崎。

"就算一个老家的人，成长的环境不同，个性也会不一样吧。大伯就是那种性格开朗的人，甚至有些浮夸，人际关系也不错。"

"从结果上来说，他这一辈子比老爸活得潇洒多了。"

无论在我们兄妹中间还是在堂兄弟们中间，伯父都十分讨人喜欢。伯父很善解人意、爱开玩笑。

"你还记得伯父上大学时被北白河警察逮捕的事情吗？伯父居然参加过学生运动，难以置信。"

"只在警察署待了一晚吧。第二天，伯父很快就表示退出学生运动，还受到了警察表扬呢。"

这件事不是伯父亲口告诉我们的，是听祖母说的。这大概是伯父青年时代的一时糊涂吧。我们了解的伯父完全不带有那样的痕迹，战争年代，他时常穿着国民服从九州来东京，把外甥们逗得开心不已。他还十分自豪地把西部军司令官写给他的信展示给父亲看。

离吃晚饭还有一段时间，我邀妹妹上街转转。她说要让女主人在榻榻米上铺好垫子为自己按摩。从照顾先生和孩子的家务事中解放出来，她似乎很享受这种时刻。

我一个人走进阳光还很充足的大街，但不知道要去哪里。我拦了一辆出租车，打开地图，问司机原子弹爆炸纪念碑在什么地方，司机把带到了名叫西坡的公园。夕阳洒在为纪念二十六位神父建立的纪念碑上。我付了门票钱，走进昏暗的纪念馆，这里刚新建不久。

纪念馆里除了两个边看边记笔记的中学生，没有其他人。玻璃展示柜里陈列着基督教受迫害时代天主教徒们使用过的念珠、徽章和小十字架。还放着一块留有虫蛀痕迹的天主教禁令的告示牌。由于是宽永十五年的实物，所以用墨汁写着的文字看起来十分费力，上面写着告发神父的人可获得二百块银钱、告发修道士可获一百块银钱等内容。

一角的玻璃柜里放着被害的教徒们的服装。那些人应该是平头百姓,所以都是些褪了色的干农活时穿的服装。从肩部到身上留着血迹,已经完全变成了铁锈色。我将脸凑近玻璃柜,凝视了好一会儿。

回到旅馆,妹妹正张嘴蒙头大睡。一会儿,女主人端来了叫作"卓袱①"的长崎当地的饭菜,算不上可口。我动着筷子,说起刚才纪念馆的见闻。

"还有些血迹斑斑的作业服,看得人心情沉重。那些血迹肯定是受刑或者砍头时留下的。"

"真可怜,"妹妹笑道。"如果都像当年伯父那样在警察署里表现老实一点的话该多好。"

用完晚餐,妹妹泡了会儿澡又躺下了。我坐在廊下的椅子上,右手揉着脖子眺望街道上的夜景。刚才女主人告诉我的大浦一侧已经是一片漆黑,但从出岛至市中心一带还是灯火通明,美轮美奂。我不知道一直在此地生活到中学二年级的父亲住在哪一带。父亲不是伯父那种大大咧咧的性格。他大学毕业后便进了 M 财团的银行,凡事不敢越雷池一步的性格和银行职员这个工作十分匹配。平

---

① 始创于长崎、综合了中国料理和西餐元素的一种日本料理。——译注

安第一、无难便是福,你要做个受人信赖的人,这些是他常对我说的话,几乎成了他的口头禅。战争期间,他受邀加入银行客户开的和军队有点关系的工厂,成了经营者,但那也并不是因为他的能力受人赏识,而是他绝不冒险的古板性格所致。

说不清从什么时候起,我开始变得不那么喜欢这样的父亲了。那还是战争结束后不久的事。有一天父亲正在看报纸,他突然大声喊母亲的名字。茶杯掉到了榻榻米上,他也没顾得上,眼镜滑到了鼻梁上。

"大概 M.P 会抓我。"

父亲用手指着报纸上自己正在读的文章。文章中说占领军发布了解散大财团的命令,战争期间在大财团工作的干部和职员可能会受到追究。我想,虽然父亲也算是个干部,但从他的地位上来看,不可能会承担什么责任,可是当时父亲惊慌失措的样子简直和小孩一模一样。我每晚都能听到父亲给各种人打电话求情,商量平安地渡过难关的办法。结果,父亲的担心只是愚不可及的胡思乱想。此事一旦过去,谨小慎微的表情便重新回到父亲的脸上,他又开始一如既往地说教,喋喋不休地唠叨不要做不受人信赖的人。

　　每当想到父亲，我脑子里首先就会浮现出一个身形，那就是他在上了年纪后入浴时的身形。他驱动着细细的胳膊，洗着肋骨清晰可见的胸口。看到他不长肉的瘦骨嶙峋的胸部和干柴般的手臂，不知为什么，我便会想，这就是父亲的人生。

　　翌日，雨。

　　"天气预报说雨会下大……太遗憾了。"

　　看上去十分善良的女主人不顾头发和衣服被雨打湿，在玄关目送我们坐的小车离开，直到看不见。正如女主人担心的那样，车经过浦上时，天气变得越来越恶劣，有名的天主教堂的尖塔，也只能隐隐地望见它那遥远的灰色影子。

　　"原子弹就落在这一带。"

　　妹妹回头看了我一眼。

　　"不好，我忘了带换洗的袜子了。司机大哥，请在哪个妇女用品店停一下吧。到三代田还有多少路程？"

　　"大概要花一个小时吧。"

　　出了长崎市内的大街，果树园里被大雨打湿的果树在风中摇摆。这一带有很多枇杷树。每路过一个村子，便能见到长满楠木的农家小河里泛着黄色的浑水。放学途中被我们的车溅湿了衣裤的孩子们大声叫骂着。

前方的天空乌云密布，没有一丝亮光透出，灰色笼罩着山头。看来一时半会儿雨停不下来。进了山里，也许是因为这一带季节变换较早，有些地方的山毛榉和漆树的新绿已经变成了深绿色。远处传来雨中黄鹂鸟的鸣叫声。

"颠得屁股痛，没有别的路了吗？"

"好像没有。爷爷和老爸从长崎回三代田大概也是走的这条路吧，"我望着窗外。"这条路可是我们的祖先世世代代来回走过的路啊。"

两侧的树枝阻挡前行道路似的蔓延开来，浓雾透过丛林的缝隙冒了出来，沿着另一侧的小道向山谷下流动。大海是灰色的，沿岸漆黑一团的村落好像被大海不断碾压着，看上去阴郁不堪。

"是那个村子？"

"不是，那个村子叫暗崎。"

长这么大我还从未关注过自己的老家，此刻，透过漫天大雾中的缝隙，俯瞰灰色的大海和被雨水打湿的村落，我的胸口隐隐作痛。和自己血脉相连的人们，历经几代居住在这里。他们有着什么样的长相？过着什么样的日子？

我觉得如果能让我知道这一切的话，我还是想知道的。因为我的体内毕竟混杂着生活在此地的祖父以及比祖父更早几代的人的血。

进入暗崎村后，空气中弥漫着臭鱼和泥土的气味。怀抱孩子的妇女站在家门口注视着我们的车辆。海涛异常狂暴。一艘渔船正在打渔，在汹涌的海浪中不停地上下摇摆。

"这种地方竟然也有教堂。"

远离村落面向大海的黑色绝壁上有一座带有十字架的建筑物。

"客官，这一带很多村子里有教堂呢。因为有很多教徒，去五岛的话，到处是教堂。"

"司机大哥也是教徒吗？"

"我……"司机脱下帽子，用手擦着额头上的汗，不好意思地笑了起来。"我不是。"

这里也能听见大海的涛声。村子笼罩在大雨中，显得十分宁静。街道上不见人影。趁司机走进昏暗的杂货铺替我询问伯父家的位置，我透过车窗眺望身后星点般散落着的农家，那些房屋甚至建在山的斜面上。这里的人家比刚才路过的暗崎村要多，富裕的程度也貌似高出不少。这里的屋顶不再是那种好像被碾压过的稻草茸的，很多人家用的是砖瓦。还能见到不少电视机的天线。

"问清楚了。不过，车开不进去了。"

我和妹妹扔下小车，撑着从杂货铺借的雨伞迈开步子向村里走去。雨水沿着种植酸橙的农家的石墙如小瀑布般喷涌而下，淹没了地面。不知从哪户人家传出了歌声。妹妹撩起裙摆沿石梯拾阶而上，嘴上不断抱怨着路况恶劣。

很快找到了伯父家。不愧是地主家，气派之大，周围的人家无法与之同日而语。从气宇轩昂的大门通往玄关的路上，酸橙树盛开着白色的花朵。玄关前站着一个穿着脏衬衣的男人，他用警惕的目光打量我们。我说我们是从东京来的侄儿，他用手指往上支起眼镜，凝视了我们片刻："东京来的……辛苦了。那就，请进吧。请进屋里来。"

妹妹在玄关脱下湿透的袜子换新袜时，男子已经回屋里通报了。

屋子里散发着霉味儿，昏暗的走廊里放着一台老式缝纫机。左侧的茶水间里，有两三个来帮忙的村子里的妇女正往盘子里装茶点，见到我们后赶紧整了整服饰，毕恭毕敬地鞠躬行礼。在刚才的那个男人的陪伴下，伯母出现在走廊上。她身上穿着便服，不是丧服——

"来之前打个电报来就好了。"

她嘟哝道。守灵前天就结束了，昨晚已经把人送到神浦的火葬场去了。

"真的什么忙都没帮上。亲戚还有谁来了吗？"

"没人来，"伯母说。"都是村里的人来帮忙。江口那边没人来，忠勇那边也没人来。活着的时候伯父、伯父倒叫得很甜。"

"伯母，大家都有自己的事忙着呢，"妹妹瞥了我一眼。"我家里也是，孩子还有点生病了呢。不过，不管怎么说，总是自己的伯父……"

"不说这些了，就你们两个也好，给他烧炷香吧，"伯母不再生气。"合作社的人一直在帮忙呢。"

线香的气味一直飘到走廊上。昏暗的屋子里，如同阴郁的大佛一样坐着的男人们抬起头来注视我们。伯母介绍说这两位是从东京来的侄儿，坐在最上座穿和服的男子站起来为我们让座。据说他是三代田农业合作社的干事。

伯父在农业合作社献的花圈边上的黑色镜框中笑着。

伯父有个习惯,总是咧嘴笑了之后再去观察对方的脸色。相片上也是这种笑容。在我之后,妹妹也垂下眼睛,面对相片合掌,男人们的敏锐目光都集中到了她的白袜子上。我对合作社的人表示感谢,那些人只是默不作声地点了点头,一脸嫌弃的表情似乎在责怪我们:明明是亲戚,连葬礼都迟到,守灵等等一连串的事情都交给别人。之前的那个穿衬衣的男人打圆场似的开口道:

"三位冒雨从东京赶来,辛苦了。第一次来这里吗?我在暗崎的小学里供职,我叫松尾。"

"家父给人当了继子,所以……"我不断为自己辩解。"我们兄妹的户籍不在这里。"

话题就此中断,屋里的气氛又回到令人窒息的沉默。我走出屋子,将奠仪交给正在茶水间指点村妇们的伯母,我问她要不要以亲戚的名义给农业合作社和渔业合作社送些酒之类的东西。

茶水间里挂着各种镜框,里面装着伯父的奖状和纪念照。记得伯父曾将西部司令官的来信装裱后兴高采烈地带到东京,这一嗜好一辈子都未改变。

"先生也给了我很多关照。"

不知什么时候松尾站在我的身后,和我一起抬头看着镜框,他嘴上说着客套话。

"那幅照片是……"

"你说那幅啊。当时三代田准备建一个驻军海水浴
场,先生写了那个方案,所以他和长崎的美军关系很好。
这是当时的相片。"

相片上伯父和年轻的美军军官们勾肩搭背地高举啤
酒扎,还是那副模样,刻意迎合对方的笑容挂在他的脸上。
他左手搭在军官的肩膀上,看上去十分亲热。松尾告诉
我,三代田没有建成海水浴场,但伯父为了感谢长崎驻军
的好意,邀请了他们的孩子一共三十多人来无偿钓鱼,这
一新闻刊登在《长崎新闻》上。

这幅相片的边上还有一张来自长崎狮子俱乐部的奖
状。狮子俱乐部和扶轮社一样,是总部设在美国的慈善机
构。我从父亲去世时来东京的伯父家里听说过这个机构。
日本各地方城市也建立了这一机构的支部,说是除了地方
上的权威人士和公司老总,其他人无法加入。伯父得意地
解释说,会员之间相互称对方田中狮子、山本狮子等等。

"那,伯父也被人称为和泉狮子吗?"

"那当然,"伯父点了点头,完全没有注意到我苦笑着。

"前一阵长崎还为盲人举行了一场驻军家属慈善义卖

会,我们还赞助了呢。"

雨终于停了下来,屋檐上的雨水还在往下淌。套廊一侧飘来新叶的强烈气息。

"二位在这里逗留几天?夏天倒是可以游泳。不过,这里是穷乡僻壤,没什么可看的。毕竟是天主教徒为了躲避官方追捕居住过的地方。"

"这里有教堂吗?"

我想起刚才暗崎的海岸边建在不断被海水冲刷的绝壁上的教堂。

"什么?这里完全没有。三代田的居民全部是佛教徒。暗崎和出津一带除了天主教徒外,还残留着一些隐匿的天主教徒呢。"

据说当地人至今还称呼的隐匿的天主教徒是指基督徒禁令时代秘密信仰基督教的那些人。这一基督教也在世代传承过程中不知不觉地脱离了本来面貌。明治以后,教徒中的半数在宣教士们的激励下回归天主教,另一半则在今天仍然坚守着从祖辈那里继承下来的宗教。

"那么说来,去暗崎或者出津的话就能见到隐匿的天主教徒?"

"见是能见到,不过那些人很警惕。忘了是什么时候,

NHK 来拍过片,白来了一趟。五岛的隐匿的天主教徒会热情地告诉你很多事情,但那边一天就只有两趟船进出,暗崎的隐匿的天主教徒都是些贫农,向他们打听不到什么。"

从松尾的语气听来,好像隐匿的天主教徒在这一带还是被另眼相看的。

妹妹帮妇女们准备晚餐,我和小学老师挨家挨户去向为葬礼出过力的人家道谢。

"这是你伯父的木屐。"

伯母提着一双伯父在农业合作社或者村里的集会时老穿的木屐来到玄关。

"你伯父是汗脚……瞧,都穿出个脚型来了。"

伯母说得不错,木屐带边上留着发了黑的脚趾印。两屐上,都留有能清晰地看到的拇指印,好像图章盖上去的一样。我想起父亲的木屐上也有这样的足印。我的木屐上也有。为儿子才买的运动鞋上也会很快出现这样的足印。

"看上去很轻巧。"

"泡桐做的。"

我眼前浮现出了伯父穿着这双木屐出没于合作社和

村公所的勤勤恳恳的身影。我似乎看到了他对那边举手示意"你好",回过身又对这边的人回礼,一脸满足的表情。

"先生是个人格很高尚的人,谁都喜欢他。"

在去村里的途中,松尾又开始赞美伯父。虽说雨停了下来,但天色还是阴沉沉的,靠海的一侧,空中的黑色断云在缓缓流动。雨后回归宁静的村落中,涛声比先前听得更加清楚。空气中夹杂着旱田的泥土气息,番薯地里的浑水流得很急。这里是我的故乡。长崎县西彼杵郡三代田村。共有一百九十户人家。暗崎和出津人家更少,据说只有上百户。

"这里没有一个隐匿的天主教徒吗?"

"没有。听说很久以前三代田也是天主教徒的村子,基督教禁令一下,村民全都变成了佛教徒。"

"怎么会这样?"

"谁知道呢,没有什么理由,"松尾想当然地回答。"毕竟基督教受到了禁止。"

"那么说来,我家……不不,和泉家当时也从天主教徒变成了佛教徒吧。"

"那当然,你说得没错。听说和泉先生的家族从前就是干村长的,肯定最先改宗了吧。托了这么点福,三代田和其他村子相比也给减了不少地租。"

"减年租啦，这还不错。没被上刑吧?"

"你说谁?"

"当时村子里的人。因为是天主教徒，上刑后才被逼改宗的事情没有发生过吗?"

"这个，我不清楚。"

松尾露出不快的神色。孩子们在向农田的水沟里扔石头，据说蛇被冲了下来。松尾直呼孩子的名字。

"快回家告诉你妈，东京有客人来啦，现在去你家。快、快跑!"

我们去的五六户人家，每家的房屋建筑都长得一个模样。昏暗的土屋里放着铁锹和锄头，身着裙裤的妇女在准备晚餐。到访的人家几乎都姓岛田或和泉。

"和伯父家同姓的人家很多啊。"

"农村里都这样，"小学老师笑了起来。"过去彼此间都有血缘关系。要说你和那人是亲戚也可以说是亲戚。"

说起来也是，刚才去的一家姓和泉的人家，正在洗澡的老头赶紧用手遮着私处跑到土屋去喊他妻子了。老头的皮肤被太阳晒得黝黑，肋骨凸显起来的丑陋的胸部和驼着背的身影我联想到了父亲的体格。

"还去寺院吗?"

"不了,明天一早我和妹妹去拜访。"

在村里的杂货铺和松尾告别。松尾从杂货铺借了一辆自行车,沿着水洼闪着亮光的黄昏小道骑车远去。站在梯田的斜坡上,刚才灰色的大海开始染上了黑色,有的农家已经亮起了灯光。最靠前的那户人家纸拉门敞开着,里面有两三个孩子俯卧在榻榻米上看电视。昨天经过的暗崎村看上去很凄凉、贫穷,而这个村子里的人似乎生活得很富足。过去,这个村子,基督教的禁令一出便立刻更弦易辙,所以得以减轻了不少地租。我的先祖大概也在来自长崎奉行所的官员面前露出笑脸,和我刚才访问的那些农家的先祖们一起从踏绘上踩了过去吧。

细想起来,三代田是背叛者的村落。害怕受刑而弃教的人被称为背叛者,这个村子就是背叛者的村子。父亲和伯父都出生在这个村子里,他们二人的血也流在我的体内。也许我的体内不存在另一种血,那就是在西坡公园的纪念馆里看到的农装上的血。从肩头到身上,农装上残留着已经变成铁锈色的血迹。

吃过晚饭,出津合作社的人和两三个妇女来敬香。松尾也带来了暗崎的天主教的司祭。司祭站在伯父相片前画十字,伯母和松尾在一旁静静地看着。

"我和你伯父很熟。他有时也来我们教堂,商量土地的事。"

据说是五岛出身的这位神父,较之司祭,更像是当地的渔夫身上穿了一件黑衣。他露出被阳光烤得黝黑的手臂,开始喝酒,吧唧吧唧地嚼着腌菜。小虫子从套廊飞了进来,掉到腌菜上。远处传来了蛙鸣声。

"听说你想见隐匿的天主教徒?松尾先生让我帮忙,有点难度。就算见了,也什么都不会说。"

"对神父也是吗?"

"对我们天主教,他们反而更戒备。我们去传教,他们也会说自己是不同的宗教。他们很顽固,不会告诉你什么。"

和先前松尾说的话一样,这位神父说话的语气中也流露出蔑视隐匿的天主教徒的腔调。隐匿的天主教徒,包括充任司祭角色的"爷役"、为婴儿进行洗礼的"水方"、负责葬礼的"看坊役"在内,他们会在复活节和圣诞节时聚集在一户人家里,低声唱他们独自的祷告文,对天主教会则退避三舍。

"他们就是那样。我们已经管不了他们的事了。那么冥顽不化，真的让人束手无策。"

如果不是那么冥顽不化，就不可能在漫长的基督教禁令时代默默坚守自己的宗教信仰，我寻思。

"这里的人，"我低头嘟哝道。"不顽固。"

"嗯，三代田的人很乖巧。令伯也是明白事理的人哪。"

伯父的确是个明事理的人。隔壁房间里，出津的合作社的人和村里的妇女从刚才起已经在伯父相片跟前坐了很长时间。这大概也是农村的规矩吧。无疑伯父生前也为讨得每个人的欢心付出了巨大心血。也许这是从他软弱的性格中建立起来的防身术。父亲去世时，大家也说这位旧友是个礼仪周到的人。不过，家父胆小怕事，对人对己都十分小心谨慎。

神父和松尾走了后我走进房间，妹妹已经睡下。妹妹用被子遮住半张脸，

"农村真够累人的。累得反而睡不着了。"

"我的睡衣呢?"

"枕头边上，别绊倒哦。"

关灯后，妹妹沉默了一会儿，突然她开口道。

"你说，伯父的土地谁来继承？"

"当然是伯母咯。"

"伯母死了的话，会不会是我们的？"

会不会是我们的？我有预感，漆黑一团的夜色中妹妹说这句话时的声音会一直留在我的脑子里挥之不去。

"这种事，我怎么知道。"

"你想啊，他们没有孩子，不就应该给有血缘关系的我们吗？怎么说都是血亲啊。"

"是啊，是血亲。"

第二天，回到长崎的旅馆时天气已经放晴。没有买到机票，妹妹说坐火车也要回去。她实在放心不下家里。

"哥哥呢？"

"我？我再待一天。好不容易来了一趟，我还想再到处看看。"

买好了卧铺票，离妹妹坐火车还有一点时间，我们一起在市内的街道下了车。繁华街上停着好几辆修学旅行的高中生包租的大巴。在老师的带领下，高中生们在逛土特产店和卖有名的长崎蛋糕的店铺。

我们和那些高中生一样，在眼镜桥、崇福寺和荷兰坡一带转悠，满大街的游客，随处可见高中生和新婚夫妇。

"受不了了，还是回去吧。这哪里是来逛街，简直来受罪。"

望着大浦天主堂门口小车、大巴和穿制服的学生混杂在一起，妹妹满脸沮丧地一边用手绢往胸前扇风，一边叹气道。

"老爸活着时不是说过吗，茂木有家叫照月亭的饭店鱼很好吃，去那里吧。"

"茂木不在长崎。和三代田差不多距离，得坐大巴去。"

"我受够了。我在树荫底下等你，你一个人去看吧。"

我点了点头，站到天主堂门前队列的最后。队列往前推进的速度相当缓慢。貌似导游的男子告诉排队的人说，从十六番馆绕行比较划算。据说十六番馆陈列着名为"哥拉巴园"的英国人家里的物品。

我买了门票进了十六番馆，整个房间里除了陈列着一些无聊的旧家具和西式餐具外没有别的，地下室里专卖长崎的土特产。

"就这些?"

我问出口处嚼着口香糖的女孩子。

"那个房间里有些天主教徒的遗物。"

我走进女孩指给我看的左手边的小房间里,没有一个游客。和昨天西坡公园的纪念馆相同,陈列着一些锈蚀的徽章和念珠。我几乎脚不停歇地从玻璃陈列柜前走过。猛地停下脚步,我看到了一枚镶嵌着铜牌的踏绘。

之前我在上野的国立博物馆内看到过几枚踏绘,对我来说并不新鲜。但是这枚踏绘中,镶嵌着铜牌的木板上清晰地留着黑色的指印。我将脸凑近玻璃柜凝神观望,显然,那是肮脏的脚上的拇指印。踩过这枚铜牌的百姓中一定有不少汗脚。我想象着落到这块铜牌上的一只只大脚——不假思索踩上去的脚、战战兢兢踩上去的脚、在铜牌前驻足不前最终没有踩上去的脚。

走出十六番馆时,强烈的太阳光刺进眼睛。我忍着轻微的眩晕从大巴和高中生们的缝隙中穿行而过。妹妹无所事事地站在刚才的树荫底下。我深感疲惫的同时,意识到自己的袜子已经紧紧地贴在脚底下了。

札　辻

　　坐上都电①，男子立刻想起了学生时代读过的荷风②
的小品文。这篇文章中，荷风从某车站出发坐到终点，边
观察上下这辆破旧电车的乘客边想象他们每个人的生活。
如今，男子早已脱离了读书生活，可是不知为何，每每坐上
都电，他的脑子里就会出现这篇小品文。

　　秋天的午后，刚下过雨。男子坐在都电的硬板凳上，
前往银座。

　　他要去参加很多年前课桌并排在一起的老同学们的

---

① 东京都交通局经营的路面电车。——译注
② 永井荷风，日本小说家、散文家。——译注

同学会。说实话,他其实不太想穿着褪了色的西装、烂了头的皮鞋出现在那些过去的同伴面前,可是,当昨天接到他们中的一人打到公司里来的电话时,性格懦弱的他低声应道:我参加。

电车里充斥着潮湿的雨伞和泥土味,和人身上的气味混杂在一起。男子注视着这些和自己一样穿着毫无品位的上班族和中学生们,想象着那些人的生活,当然,这也谈不上是在模仿荷风。坐在正对面的中年男人,身上的西装袖口已经破了。他大概是保险公司的业务员,住在郊外的小房子里,下班回家后和妻子相向而坐,板着脸孔吃完饭,之后便躺下,一声不吭地听他的收音机——这种中年男人的生活,应该不难想象。斜对面的女人,脖子上吊着脏兮兮的绷带。这女人应该有支气管炎,每天在医院昏暗的候诊室里,像牛一般强忍痛苦熬到这般时辰。

男子这样想象着,不一会他便对那些人缺乏激情的生活感到厌恶。啊啊,让人厌倦的每一天,他心里嘀咕着,这是他说给现在正穿着褪了色的西装赶去参加同学会的自己听的。

透过肮脏的车窗可以看到被雨打湿的大街。因建高速公路而被挖得泥泞不堪的马路、被拆得面目全非的房屋,仿佛回到了战争年代。有点脏兮兮的电线杆上贴着纪文食品的关东煮和三洋电视机等各式各样的广告。

身着橡胶防雨斗篷的青年在马路边上修卡车。肮脏的房子、肮脏的马路、肮脏的雨空,他讨厌这一切。男子不明白自己和这外界有什么联系。

"札辻、札辻站到了。"

乘务员在乘客身后扯着疲惫的嗓门报站。忽然,加油站、矮楼房以及那里仅有的一小片土崖和树木映入了男子的眼帘,他正心不在焉地望着黄昏将至的大街。崖后有一大排白色的高级公寓,他还记得崖下狭小的墓地正上方长着一棵楠木。从破旧的都电车窗瞬间闪过的黑色山崖和墓地,二十年前,在和今天一样的下雨天,男子就站在那里。

那天,他和叫作"鼹鼠"的外国修道士冻得瑟瑟发抖地走在山崖下。鼹鼠躬着瘦小的身子,试图沿着长满荨麻的道路往上爬。这个笨手笨脚的男人连雨伞都不知道怎么打,他那和外号十分匹配的鼹鼠般猥琐的巴掌脸上沾满了雨水。

"这家伙真是没用啊……"

男子站在荨麻丛的一角，用伞挡住身体，把从刚才起就憋着的尿液排出体外，边用眼睛瞥着修道士。套在他细腿上的裤管溅满了泥水，惊慌失措的动作也像极了一只鼹鼠。

"井上先生，小传马町在哪个方向？"

终于登上土崖的修道士的声音从风雨交加的暮色中传了过来。

"那边吧，"井上不耐烦地答道。"日本桥方向。"

"请过来吧。这里能看见吗？"

这是要干吗呀，男子咂着嘴，一脸不快地走进山崖上的小道。

鼹鼠是在男子当时上的四谷的 G 大学里工作的修道士。修道士和司祭不同，是校内和修道院的勤务人员。

鼹鼠当然不是他的真名。据说他的真名叫巴夫罗斯基或者比罗夫莱斯基，是犹太裔德国人，学生们从来没有叫过这位修道士饶舌的名字。当四处参加考试而均告落榜的男子最终混进这所教会大学时，这位修道士已经从学生那里领受了"鼹鼠"这个称号。不仅外貌，他将学生证、走读证明交到学生手上时，从办公室窗口悄无声息地露出那张怯生生的小白脸，和胆小的动物从洞穴里探出身子的模样没有什么差别。

　　鼹鼠在学生面前战战兢兢的态度，好像并不只是性格导致的。战争进入白热化阶段后，在日本的外国人，哪怕是同盟国的德国人也逐渐遭到人们的白眼。尤其是作为外国宗教的基督教修道会经营的这所大学，动辄引起警察和军部的注意，学生时有目睹来校内修道院侦查的宪兵的身影。男子入学的前一年发生了靖国神社事件，引发了问题。上了报纸的这一事件，起因于天主教徒的学生拒绝被文部省逼迫参加每月大诏奉戴日①举行的靖国神社参拜。

　　该事件发生后的第二年，作为派驻军官，刚从华北战场归来的中佐被派到了这所大学。

　　弥漫着剑拔弩张气氛的冬日清晨，学生常能见到这位中佐在四谷的护城河畔勒马扬蹄的身影。中佐犹如初到京城的农村人那么迫不及待地急于表现，尤其想在拥有众多外国人司祭的这所学校里展示他的威风。在大学校门前下马后，中佐踩着经过精心擦拭的油光发亮的古铜色长靴，绷紧那张上唇留着胡须的发红的脸，接受学生们的敬

---

① 中日战争爆发后，日本政府自 1939 年 9 月 1 日起将每月 1 日定为"兴亚奉公日"，太平洋战争爆发的 1942 年 1 月起更名为"大诏奉戴日"，日期变更为每月 8 日。——译注

礼。在走廊上或教室前抽烟的调皮学生,一听到那双马靴发出的皮革声,便急忙交换眼色,掐掉香烟,鼠窜般地溜进教室。

不光学生怕中佐。上课途中,有时从走廊上突然传来长靴走近的皮革声。外国司祭的教授们抬起埋在教科书里的脑袋,满脸愤懑,一直听着走近的长靴的吱嘎声逐渐远去。

"瘟三!"

某日,学校里的一个外国人从牙缝中挤出这句话。

男子还记得,那是一个每月照例举行大诏奉戴日的阴沉沉的清晨。那天学生们集中在狭小的操场上听勅谕①朗读,看升国旗,这是惯例。

色彩并不艳丽的太阳旗有气无力地耷拉在阴云密布的半空中。

"敬礼、解散。"

号令刚一发出,中佐迅速制止开始散开的师生,登上讲台。他用严厉的目光俯视了学生很长时间。他试图以此来检验自己的威力,这顽童般的行为显得十分滑稽,但

①　即军人勅谕,为日本天皇对军人下达的告谕。——译注

没人敢发出笑声和口哨声。

"听着,你们这些人……"中佐一激动便会口吃。"很堕……堕落。不仅是你们……这所大学里的外……外国人,还有职工……都堕落透顶。"

男子此刻注视着讲台两侧的教员们的脸,他们中的所有人,不是表情僵硬,便是身体僵直地站着。从飘浮着深灰色阴云的遥远天空中传来如飞机轰鸣声般沉闷的响声。旋风将操场一角的纸屑和黄色的尘土一起卷上了空中。但每个人只是沉默地听着中佐蛮横无理的怒骂声。

学生中也有迎合中佐的人。这些人迎合的方式,便是故意侮辱或者对抗外国人司祭教员和修道士。在这样的氛围中,从学生科的小窗口往外将学生证或走读证明交给学生的鼹鼠的神色,变得愈发战战兢兢和脸色苍白。

在身材高大的外国人司祭和修道士中,鼹鼠是少见的小个头。即使和因战争而变得身体虚弱的学生站在一起,从脸部到手脚都如同孩子那么娇小的鼹鼠还是格外引人注目。他不仅身材矮小,而且和过去的喜剧演员劳埃德长得有几分相像,脸上的表情是单纯的学生们嘲笑和挖苦的对象。学生中流传着各种有关他胆小如鼠的故事。

比如,有这样的故事。一年前,有个学生从三楼教室的窗口跌落。在和同学打闹时，他身体靠在了玻璃窗上，窗框脱落了。大家飞奔到掉到地上的学生身边，那个学生已经断气了。他的脸上、手上沾满了玻璃碎片，浑身是血。有人扛着担架来把那人抬走后，现场的学生发现鼹鼠一脸苍白地倚靠在电线杆上。掉下楼的学生满脸的伤痕和血色让这位修道士的大脑贫血了。

还有大学校医的儿子告诉同学们的故事。鼹鼠一年前得了很严重的腹膜炎住进医院。修道士不信任日本的医生，"无论如何请为我找外国的医生"——他哭着恳求上司的神父们。

"我怕死。我不想死。"

烧得浑身是汗的鼹鼠完全顾不上体面，对护士、对来探望的学生，逢人便大喊大叫。鼹鼠将母亲和妹妹的照片放在病床的枕头边，房间里充满外国人特有的奶酪似的熏人的体臭。让学生们更忍俊不禁的是，校医的儿子自称亲眼看见了鼹鼠的私密处。

"那家伙的那个……"校医儿子说，"像黄豆那么大。"

身上散发着奶酪的气味，怕死怕得像孩子那样大哭大闹，况且私密处只有黄豆般大小，这位修道士的故事不仅让学生们耻笑，还让他们十分鄙视他。在那个与白人作战的年代,学生们总是以十分残酷的形式羞辱懦弱的鼹鼠。

男子走近鼹鼠,是缘于那天黄昏发生的事情。

是日黄昏,男子放学后在学校里待到很晚。他并没有什么需要在学校干的事。当大家都离开后,男子坐在满是尘土的教室中央,双手托腮漫无目的地眺望暗红色的天空、行将日暮的护城河和黑色的民居。

此时,发着呆的男子听到了走廊尽头传来哒、哒的长靴声。起初,他并没意识到出现在这么晚时间里的那双长筒皮靴的脚步声。很快,他反应过来,条件反射地打算逃离教室。他跑到走廊上。

"站、站住。你小子不敬礼吗?"

派驻军官指责男子行为大不敬。问了名字后,他命令笨拙地直立着的男子背诵军人勅谕。

男子口齿含糊不清。他忘记了曾经下过的命令——平时、学习的时间,随时需要背诵这段军人勅谕。他想掩饰自己的尴尬,脸上露出了干笑,这惹怒了中佐。

"极不严肃!"

突然,男子的脸上挨了重重一拳。他用左臂遮住脸颊,左臂上又挨了一拳。此刻,如果不是鼹鼠刚巧出现,男子一定还会挨打。

鼹鼠并不是来帮男子的,他只是碰巧打开走廊尽头办公室的门,并探出劳埃德似的脸。修道士身体僵硬地站着,胆怯的眼神注视着男子脸上像丝线一样淌着的血和中佐红黑的脸。

也许在其他情况下派驻军官会就此离开,而此时此刻,他的目光和注视着自己的修道士惊恐的目光撞在一起。大概正因为注视着自己的是白人,隐藏在他内心深处的日本人特有的自卑感顿时爆发。他不知所云地吼了几句,狠狠抓住鼹鼠的修道服,把他拽到走廊上。

"你、你们这些家伙和这个学校的教育完全错了!"

中佐脚底下发出重重的皮靴声扬长而去。男子用手掌擦拭嘴边的血,往窗外吐了几口痰。吐完痰后,他回过身子,鼹鼠还僵直地站在已经漆黑一团的走廊一角。男子移开视线,离开了走廊。

在这样的气氛中,外国主教和职员中还是有人暗中想方设法想要维护这所大学一直以来就有的氛围。每月一次在图书馆狭小的读书室内,以历史科的学生为主举行的"天主教研究会"等活动,恐怕也是对当下气氛的无声反抗。

男子对天主教完全不感兴趣。只是为了从愈发变得

沉重的学生生活和充满杀气的日常生活中稍喘一口气,他
也去那个研究会上露了一次面。

历史科年轻的日本教师正说到东京某地的天主教会
遗址。男子心不在焉地站在集聚一堂的三十多个学生的
身后。当然,教师的话题并没有引起他的兴趣。他望着全
神贯注认真记笔记的学生和一脸严肃的白发外国司祭的
背影,甚至后悔自己来错了地方。

他不太听得懂老师说的话题,讲的好像是家光时代在
札辻被处极刑的五十个殉道者的故事。

元和九年十月,捕吏接到告密者的情报逮捕了潜伏在
江户的主要教徒,将他们关进小传马町的监狱。两个月
后,被捕的教徒们加上两位外国神父从室町出发,经过京
桥、浜松町、三田等地,被带到了札辻的刑场。他们被绑在
五十根柱子上接受火刑。

男子现在还记得这个故事的一些片段。其中一个片
段是年轻教师边翻着目击者修道士圣·方济各留下的旧
文献边朗读当时监狱的状况。

小传马町的牢房被分割成四间。天花板很低,为了把
少得可怜的食物送进来,只留了一个能让一只小碟子通过
的小口,阳光几乎无法照射进来。在牢房门口,教徒们除

了兜裆布以外的衣服和其他物品,甚至比生命更重要的念珠都被没收了,他们被狱卒从背后推着挤进牢房。

漆黑的狭小牢房里,囚犯们人挤人地蹲坐在地上。教徒的脚刚一跨进来,便和囚犯们瘦削的身体和骨瘦如柴的手臂撞在一起,与此同时,一股恶臭扑鼻而来。

纵深十米、正面宽度只有四米的这间牢房中,囚犯们分三排蹲坐着。第一排和第三排的人相向而坐,第二排的人蹲坐在他们中间。虽说有人蹲着有人坐着,拥挤的状态和沙丁鱼罐头没有什么区别,无法直立,也不能伸展手脚。跳蚤和虱子在仅围着一块兜裆布的囚犯身上恣意爬行。

由于身体无法动弹,囚犯中的病人只能随地大小便。因此一跨进牢房就闻到一股刺鼻的恶臭。食物每天一次通过隔板的小洞送进牢房后,立刻被力气大的人抢先夺走并吃得一干二净。一天只送两次水,牢房中难以忍受的酷热和人挤在一起的憋闷,使得囚犯们舔着干燥的舌头,渴望喝水。

牢房外除了看守,还有二十四个人值班,他们不停大声叫喊着四处巡逻。牢房内一有骚动,这些值班的人便爬到顶上往下掷秽物。这些秽物使得囚犯们浑身上下污秽不堪,难以辨认。当然,每天都至少会有一人死去。死尸有时搁置七八天，尸体腐烂后的臭味夹杂着牢房中的屎尿，令教徒们痛苦难耐。

年轻教师边引用圣·方济各的信边介绍小传马町监狱的情况，黄昏的图书馆里响起了长吁短叹的声音，学生们开始蠢蠢欲动。战争逐渐变得激烈起来，街道上死气沉沉，粮食开始变得匮乏，虽然这样的生活每天在持续，但和那个江户时代比较起来，还是让人感到好得不是一星半点。

和其他学生一样，男子好像看着老式无声电影中的那些画面，听老师讲悲惨的故事和当时的场景。他觉得那是发生在已经过去了的时代里的故事，和自己无关。

在投入监狱的教徒中有两个西班牙神父和名叫原主水的武士。主水是千叶当地原氏一族的子弟，作为家光的近侍为德川幕府效力，虽经周围人的百般劝告，最终还是没有放弃天主教的信仰。他在第二次被捕后，手脚的经络被挑断，脸上烫上了十字烙印，被带到小传马町。

殉道者们的故事，对男子来说也很有隔岸观火的感觉。问题并不在于过去有信仰的人，而是他们与没有信仰的自己在本质上存在不同，他们无疑有着坚定的意志和与生俱来的坚强性格。男子甚至觉得他们也许是一群狂热的信徒。只是，当年轻教师说到他们临终时的表现时，男子不知何故，难过地回想起那天黄昏在没有人影的学校走廊里被中佐殴打时的自己的惨状。用右臂遮住脸部逃跑的姿态还痛苦地留在他的脑海里。

研究会快结束时，男子在昏暗的读书室的一角发现了鼹鼠和学生们坐在一起。当时鼹鼠也僵直地站在那里，中佐抓住他的修道服把他拽到走廊上。就是这位修道士此刻一脸若无其事地坐在那里，男子觉得实在滑稽——岂止滑稽，他甚至觉得鼹鼠是那么的虚伪。这种虚伪的感觉中，还掺杂着鼹鼠生病时病房里充满令人作呕的奶酪味，和他的那个地方只有黄豆般大小的话题。

研究会结束，男子打着哈欠夹在散发着灰土气的学生中间走下楼梯，两眼在眼镜框子后面眯缝着的鼹鼠靠了上来。

"你说，札辻在什么地方？"

"札辻？"

"刚才老师的故事里讲到的。"

男子依稀想起刚才老师提到的五十个教徒被处极刑的地方就在札辻。但是鼹鼠不问别的同学而问自己，这让男子有些不快。难道他觉得自己和我一样都是那天黄昏的受害者所以是伙伴了？不，说不定他想通过和我搭话原谅自己的软弱。这样想着，男子在楼梯上站定，凝视鼹鼠的脸。

"当然，我知道札辻在哪儿……"

"那，能不能去一下？去札辻。"

"呃……"

男子支吾着，有点不知所措。

雨天的傍晚，两人还是出发前往札辻。下了大巴，往品川方向稍走几步便找到了与香烟店、蔬菜店等并排在一条街上的小寺院——智福寺。该寺院的所在位置就是过去的刑场，这是鼹鼠请教讲课的历史科年轻教师了解到的。

智福寺后面有一块巴掌大的墓地，墓地尽头是荨麻丛生的黑色土崖，一棵古老的楠木枝叶横生地矗立着。墓地的上方有一片长着橡树和朴树的杂木林，只有这里还和过去一样，保持着枝繁叶茂的景象。

男子和鼹鼠在蒙蒙细雨中打着伞站在崖上。无论是天空，还是脚下的房子和道路，都已经开始被夹带着雨水的雾霭笼罩上了一层黑色。品川那边近海的工厂烟囱将雾霭熏得更脏。

"小传马町是在那一头吗?"

"应该没错……"

当然,在这样的雾霭笼罩下不可能清晰地判断小传马町的方位,男子只是懒得回答地敷衍着。

从小传马町经过新桥、三田,被徒步押送着的教徒们脖子上挂着写着各自名字的牌子。角左卫门、与作、久太夫、新七郎、喜三郎,这些都是在江户随处可见的名字。只有教徒队伍最后的原水主骑在无鞍马上。

刑场上竖着五十根柱子,柱子底下堆着木柴。看热闹的人群已经将刑场团团围住,有人在吃便当,有人在喝水,等着处刑时间到来。突然,五十个囚犯中的一个男人望着刑场开始号叫起来。他说要弃教。于是,他的绳索被解开,当场释放。

将教徒们捆绑在柱子上后,刽子手依次往木柴上点火。当天有风,因为风的缘故,火势很快就将柱子和捆绑在柱子上的人吞噬了。两个西班牙神父首先绝命,接着,原水主好像要抱住什么东西似的动了动手臂,脑袋很快耷拉了下来。

离开刑场的原址,男子想到之前犹如老电影中的那一幕竟发生在自己的脚下，他甚至感到了一阵眩晕。那些殉道者们毕竟是和自己没有任何联系的高高在上的存在，这种念头还是无法从他的内心消除。那种超人的行为，只有干大事业的强者才能做到，自己的生活不能和他们同日而语。

此刻，男子用眼角偷偷斜视了一眼站在自己身边的鼹鼠的眼睛，他似乎感觉自己能想象得到这位修道士此刻心里在想什么。对于不是教徒，只是单纯的学生的男子来说，这些天主教殉道者们的形象，也只是遥不可及的其他世界里的人类形象。而这位鼹鼠，虽说是鼹鼠，既然是来到日本的修道士，那么他一定十分羞于将异国殉道者的信念与自己胆小如鼠的性格进行比较。

（不过，你绝对不行，虽然我也不行，你也绝对不行。）

男子终于站在自己的立场上成功推断出了犹如鼹鼠般的人的局限。胆小如鼠的人永远胆小如鼠，他们无法成为像原主水以及其他殉道者那样的意志刚强的人。男子和鼹鼠都在那个黄昏的走廊里遭到中佐殴打，但他们甚至连逃跑的勇气都没有。两人都属于在面对肉体遭遇痛苦的恐惧时，精神率先丧失了意义的族类。无论是自己还是鼹鼠，在走向刑场之前，一定都是会从踏绘上踩过去的那群人中的一个。

"在老家有亲人吗?"

第一次对鼹鼠产生了兴趣,男子开口便问出了这样的问题。修道士仿佛从梦中被人叫醒似的突然抖了一下身体。

"唉?"

"在德国有亲人吗?"

"有,母亲和妹妹在科隆。"

"你是怎么成为修道士的……"

鼹鼠手里提着雨伞,没有回答。雨终于停了,周围已经被夜幕笼罩。男子走在前头,为了防止从崖上滑落,他用足全身的力气控制脚下,走出了小道。

之后,男子和鼹鼠在学校里几乎没有说过话。战争愈演愈烈,不久便开始了空袭。男人们被迫每天往返于川崎的工厂,代替上课。学校周围的四谷一带也着了火,男子发现鼹鼠也不知什么时候起从大学的办公室消失了。有人说他被送回了德国,男子也将和鼹鼠一起爬过土崖的事情忘得一干二净。

都电驶过札辻时,一瞬,男子想起了二十一年前的事。

只是想起而已，并非激发起了多少感慨。

男子在新桥下了电车，雨水使得霓虹灯的光线十分虚幻，公交大巴和出租车奔跑着，将泥水溅得飞向四周。同窗会的地点是店名叫"风月"的酒店。一抵达酒店，男子立刻觉得自己不应该来。褪色的西装被雨淋湿后，变得更加惨不忍睹。过去的同学们似乎都是坐出租车抵达的，一个个头路分得纹丝不乱，白手绢插在胸前的口袋里。也有人亲热地上前来拍拍肩膀，但这种偶尔被人主动招呼的感觉反倒让男子觉得自己受人怜悯，心情格外沉重。

男子在细长的餐桌一角坐下，默默地喝着红茶，心里后悔不该来。大家围着餐桌相互报告目前的工作和近况，交换名片，还聊一些没有来的同学的事情和对老师的回忆。看着大家兴致勃勃地编造着虚假的友谊，男子的眼神中流露出了些许的嫉妒。

"佐山呢？"

"他在三重县呢，干海运。"

"哦，干海运啊。"

"有个叫洛克的老师还记得吗？"

"记得记得，他还在教书吗？"

男子心怀恶意地暗自寻思，此刻大家都在虚伪地装作非常热爱母校。自己既没爱过学校，也一点儿都不想念和自己同桌过的那些人。

"鼹鼠怎么样了？办公室的。"

男子只在此刻从红茶杯子前抬起脸来，悄悄竖起耳朵。大部分人甚至忘记了鼹鼠的名字。有人笑着描述胆小如鼠的修道士的长相和身材。

"啊啊，是那家伙啊。"

"说起他……我听说过一件奇怪的事。"

留校后成了教师的向井开口道。据说鼹鼠回德国后，由于是犹太裔而遭到逮捕，被送进了建在名叫达豪的村落中的集中营里，那个地方距波兰很近，之后便没有了音讯。

"不过，最近听毕达先生说在德国的报纸上读到一个报道。"

毕达先生是在大学里教法律的外国司祭的名字。这位司祭在本国的报纸上读到达豪集中营里有一位修道士代替伙伴去死的故事。在同一个集中营里的犹太人被处以饥饿的酷刑时，该修道士挺身而出代替那人受刑而死。

"听说那人……是过去来过日本传教的修道士……"

"是鼹鼠吗？"

"不知道啊。说是没写名字。毕达先生只是……"

"不,不可能是鼹鼠。从那人的性格来说……再说他不是来传教的吧。"

大家开始大声嬉笑地回忆鼹鼠大脑贫血的事情和那个地方只有黄豆大小的事。还有从昏暗的办公室探出劳埃德似的脸将学生证和走读证明书交到学生手中的鼹鼠、慌里慌张地在校园内走动时露着胆怯笑脸的鼹鼠……头路清晰、胸前露着白手绢的昔日同窗们最后唱了一首校歌后便告解散。

同学会结束后,大家各自拦了出租车又去了银座的酒吧。男子独自一人在雨中上了都电。和黄昏来的时候一样,电车中混杂着潮湿的雨伞和泥土味,还有人身上的气味。看着和自己一样毫无美感可言的乘客,男子模仿荷风,开始琢磨起他们的生活。正对面的年轻人取出铅笔在打开的自行车赛的报纸上画圈。貌似从夜高中放学回家的女孩子将英语课本搁在膝盖上打盹儿。这些人和男子本人一样,无疑都是一些在缺乏激情的日常生活中胆小如鼠地活着、胆小如鼠地死去的那一群。可是,就在都电经过札辻的大街时,男子用手指擦拭因下雨而罩上了一层雾气的玻璃窗,目不转睛地凝视着窗外。

坐落在点着昏暗灯光的店铺和住家背后的那座土崖,

浮现出漆黑的影子。不知道关押鼹鼠的达豪集中营是什么样的地方。不过,男子过去在纪录片中看到过集中营的光景。那些地方和关押天主教徒的小传马町的监狱好像没有什么区别。男子玩味着鼹鼠也曾经生活在那种相同的地方,内心觉得十分不可思议。假如鼹鼠正像那个故事中所说的那样,为了同伴为了爱而死了的话,那便不是遥远的江户时代的故事,而是和男子的内心有着联系的故事。是什么人、因何故让鼹鼠做出了那样的改变? 是什么人、因何故将鼹鼠带到了如此遥远的地方? 男子点着头,注视着对面座位上打盹儿的女孩和歪着脑袋看自行车赛报纸的青年。他们中——对,就在他们中,长着劳埃德的脸、晃着裤腿上带泥的膝盖的鼹鼠就坐在他们中间,男子想。

云　仙

　　开往云仙的大巴上，他边喝牛奶边茫然地望着雨中的大海。大海就在沿海大道的正下方，冰冷的波涛有气无力地击打着海岸。

　　大巴还没有出发。早已过了发车时间。由于从长崎过来的衔接车还没到，司机和巴士女乘务在闲聊，全然没有要发动引擎的迹象。即便这样，颇有耐心的乘客们没人表达不满，只是将脸颊贴在窗户上。穿着宽袖棉袍的温泉疗养客斜撑着从旅馆借的伞，走在蒙蒙细雨中。卖土特产的商店门口陈列着贝壳类工艺品、温泉羊羹等商品，也无人问津。

　　（真像伊豆的热川啊。）能势盖上牛奶瓶的盖子嘟哝了一句。(讨厌的风景。)

　　他觉得自己有点可笑,特意跑来九州西端这种随处可见的城市。这个名叫"小浜"的地方,曾经出过为数众多的天主教殉道者,村民们也参加过"岛原之乱"①,说实话,在东京时他完全没有想到这是个如此俗不可耐的城市。

　　在调查天主教历史的过程中,能势了解到宽永年间众多天主教徒从小浜这个地方出发,攀上云仙。因为被当时耶稣会的司祭称作"日本最高山峰之一"的云仙的地狱谷,是折磨天主教徒的绝好场地。据说宽永六年之后,时任"长崎奉行"的竹中重次决定在该温泉地狱处罚教徒,每天有六七十个受刑者排着长队经过小浜被带到山里。

　　这段血淋淋的历史,在游客四处闲逛、流行歌曲通过扬声器传遍大街小巷的城市里已然无法感受得到。但是,三个世纪前与今天相同的一月份的细雨蒙蒙的日子里,能势现在出发要去寻找他足迹的"男子",也确实从这个小浜登上了云仙。

　　大巴终于发动起来了,穿越街道。沿街的二三层楼的日式旅馆在视线中持续了一段路程,从车窗里能看到两手

————————
①　1637 年至 1638 年天草及岛原发生的农民起义。——译注

搭在栏杆上俯视大街的男人们的脸。没人的窗户上也挂着白色或桃色的手绢和毛巾。不一会儿，大巴驶出了旅馆街。快进山道时，道路两侧开始出现了农家用石墙围起来的陈旧的茅草房。

能势不清楚这种房屋和石墙是否那个时代就有了。当然，也不知道那个男子，以及教徒和衙役们攀登的山道是不是这一条。但有一点可以确定，他们会时不时地驻足眺望此刻就在能势眼前的乌云笼罩的云仙山脉。

他很后悔，从东京带来的书中忘了那本耶稣会通信文集，那是向罗马提供云仙这个地方殉教情况的报告。悔之晚矣。不知何故，放进包里的书中竟混入了这次旅行本不需要的柯略多的《天主教徒忏悔录》，真是糊涂至极。

大巴往山上行驶，车内开始降温。乘客们面无表情地手上剥着从小浜买的柑橘，听女乘务员犹如歌唱般的解说。

"请看这边，"女乘务员说，脸上使劲挤出笑容。

"车马上要拐弯了，一拐过去就能看到两棵松树。过去，天主教徒在这两棵松树的地方回望小浜的村庄。后来它们就被取名为回头松。"

柯略多的《天主教徒忏悔录》是 1631 年在罗马出版

的。1631 年,是那场岛原之乱的五年前,幕府对天主教的
镇压开始变得严酷起来,但还算过得去。葡萄牙以及意大
利的传教士从澳门、马尼拉等地来到日本,就在那一阶段。
《天主教徒忏悔录》是为这些传教士编写的日语实用书。
本来,从原则上而言,天主教司祭无论在何种情况下都不
能对外泄漏教徒仅向他一个人吐露的内心秘密,为什么柯
略多却将日本教徒的忏悔发表出来,能势对此并不清楚。

就在阅读这本书的深夜,能势感到比起其他任何天主
教历史的书籍,这本书最能打动自己的心。能势收藏的各
种天主教史中,只是对信仰坚定的教父、教徒以及殉道者
的行为极尽溢美之词。那是不屈服于折磨与酷刑而坚守
信念与信仰的人的历史。

(我是无论如何做不到的。)

能势每每想到这些便会叹息不已。小时候,他和家人
一起接受了洗礼。

虽然经历了各种曲折,活到四十岁的今天,能势依然
没有弃教。但是,没有弃教,并非因为自己的意志和信仰
有多么顽强。恰恰相反,能势十分清楚自己是多么没有出
息,生性怯懦胆小,自己与在长崎、江户和云仙遭受迫害而
壮烈殉道的旧时教徒之间相隔着根本无法跨越的距离。

为什么，他们如此刚强？

　　能势总是在天主教史中寻找和自己相似的人物。可是，书中描写的人物没有一个和自己相同。只有《天主教徒忏悔录》中柯略多笔下的隐姓男子，触动了他的内心。因为只有这位男子和能势一样意志薄弱，缺乏节操。他在旧书店里偶然发现这本书时谈不上感兴趣，随手翻阅的过程中，三百年前犹如骆驼般跪在司祭面前的那些形象逐渐浮上能势的脑海，他们自暴自弃，沉浸在将自己的罪恶吐露给他人的些许快感中。

　　"我在异教徒（指佛教徒）那里住了一段时间，房主和邻居不知我是天主教徒，所以经常跟随他们去异教徒的寺院，还和他们一起念经。他们频频赞美异教徒的神佛，我也点头称道，犯下了深重的罪孽。我不记得这种事情发生过几次，大概二三十次，我想，至少有二十多次。"

　　"还有，异教徒和改宗的天主教徒一起诽谤和讥笑天主教，对天主也口吐恶言，当时我也在场，听着他们谈论，没有阻止，也没有指责他们。"

　　"有人执行将军大人的命令，从城里的奉行所下来，恳求这一带的天主教徒改宗。他们不断劝诱大家按手印放弃天主教的弥撒，至少表面上做出改宗的决定。我们为了妻子儿女的性命，最终口头上承诺了改宗。"

　　当然，男子的出生地、长相不得而知。应该是武士这一点八九不离十，但没法弄清他是谁家的家臣。他一定至死都没想到，自己的忏悔就这样在外国被印刷出来，又重新回到日本人手里，被能势这样的男人读着。可是能势觉得，虽然不知道那个男人的相貌，但自己能捕捉到他的表情变化。如果和他生活在同一个时代，一定也会像这个男人一样，因为没人知道自己的天主教徒身份，所以在受到佛教徒引诱后坦然前往寺院参拜。如果有人恶意中伤天主教信仰，也会闭上眼睛，佯装什么都没有听到。不光如此，假如有人命令自己改宗，为了自己和妻儿的生命，或许连弃教的字据都会立下。

　　之前笼罩在云仙山顶上的云层中露出了些许微光。男子寻思没准天会放晴。若是夏天的话，来此地兜风的自驾车一定会在这条柏油路上排起长龙，而此刻只有载着男子的大巴喘着粗气般轰隆隆地往上爬行。枝叶凋零的杂木林散发着阵阵寒意。杂木林中被雨打湿的成排小木屋房门紧闭，悄然无声。

　　"那些殉道者，都是出自虚荣心哟。"

新宿某酒馆中的一角,洒满酒的餐桌上煮着一只火锅,这是名叫"盐汁"的秋田料理。师兄注视着眼前的火锅,评论能势最近创作的小说中的主人公。小说写的是明治时代初期天主教殉道者的故事,师兄说,不能像能势那样囫囵吞枣地理解殉道者的心理。

"愿意殉道的心理,归根结底是一种虚荣心。"

"嗯,可能也有虚荣心的成分吧。立志成为英雄,也必然需要些狂妄。可是……"

能势沉默下来,把弄着酒杯。殉道的动机中很容易找到英雄主义或者虚荣心。但是,除了这些之外,还存在其他的动机。那些其他的动机,对于人来说不才是弥足珍贵的吗?

"而且,如果这么说的话,人的所有的善意和行为的背后都可以找到虚荣心或者利己主义。"

写了十年小说,他逐渐厌倦在人的行为中挖掘利己主义和虚荣心的近代文学。就像水从笊篱底下漏掉那样,站在那样的视角看问题,使得我们失去了更为重要的东西。

在穿越枯草和枯木林通向山顶的婉转曲折的山道上,曾经行走着一群被念珠捆绑在一起的人。他们的内心一定也有些虚荣、也有些狂妄吧,可是,一定也有着其他的东西。

"比方说,战争中的右翼分子,他们身上不也存在一种殉道精神吗? 那种沉醉于某种东西的情感中,让人感到含着不纯的动机,这也是经历过战争的人才会有的感觉。"

师兄嘴里含着一口酒笑了起来。能势感觉到自己和眼前的这人之前存在一条无法逾越的鸿沟,他只好露出无奈的笑容。

不久,半山腰出现了如水蒸气似的白烟。车窗紧闭着,却能闻到硫磺的味道。冒白烟的地方能清晰地看到乳白色的岩石和沙砾。

"那是地狱谷吗?"

"不是",女乘务员摇着头。"地狱谷还在前面。"

乌云略微散开了一些,露出了一丝蓝天。先前引擎一直发着嘎吱声吃力向上爬的大巴,这会儿突然开始加速。原来是道路变得平坦起来,大巴跑在下坡路上了。大概是为徒步旅行者准备的写着"地狱谷"的箭头指示牌,看上去成了落叶林中的一棵树。前方还出现了酒店的红屋顶。

能势不清楚《忏悔录》中的男子是不是来过地狱谷,可是此刻,另外一个男子的身影和之前的男子的身影重叠在了一起,他正弓着腰、垂头丧气地走在能势的前面。发生在这个新的男子身上的故事比起刚才的人物更加清晰。
那是 1631 年的 12 月 5 日在地狱谷中七个司祭和教徒受刑
时的场面。他说自己名叫吉次郎。这个男子目睹了给予
自己很多关照的司祭们的命运。他早已弃教，因此他混在
同样看热闹的人中间伸长脖子，目击了衙役施加的残酷
暴行。

　　之后因屈服于酷刑而在日本天主教史上留下污点的
著名的克里斯多·费雷拉神父，将当时血腥的情况报告给
了自己的国家。七位教徒于 12 月 2 日傍晚抵达小浜，被
押送着爬了一天山。山上有几间小屋，七个人被铐上脚镣
和手铐关了进去，等待天明。

　　"12 月 5 日，拷问是这样开始的。他们被带到了沸腾
的池边，面对喷涌而起、水沫四溅的水池，他们被命令放弃
信仰。空气寒冷彻骨，池水中沸水汹涌，倘若没有神的支
撑，仅是目睹这一场面便令人魂飞胆破。七个人高喊道，
尽管上刑吧，我们不会放弃信仰。衙役听到这一回答，脱
掉囚犯的衣服，捆绑他们的双手和双脚，每四人按压住一
个囚犯。接着，衙役舀起半勺子（四分之一升）沸水，从囚
犯们的头上慢慢往下浇，一共浇了三次。七个教徒中，名
叫玛丽亚的女孩痛得昏了过去，倒在地上。前后三十三

天,他们在这座山上各自受了六次这样的酷刑。"

大巴停了下来,能势走在乘客的最后下了车,在山间寒气逼人的空气中,一股恶臭扑鼻而来。白色的水汽乘着风势从被树丛包围的山谷中飘至山道。

"拍个照吧？拍照。"

年轻男子将大照相机架在三脚架上招呼能势。

"邮寄费我出。"

路边站着一个妇女,她手里提着装有鸡蛋的篮子,上面挂着一张歪歪扭扭地写着"煮鸡蛋"字样的纸条,她也在高声招徕顾客。

能势等人从这些商贩中穿过,向地狱谷的方向走去。灌木覆盖的地面几近白色,好似揭去表皮后露出的鲜肉表面。热气依然夹带着腐臭味从对面的树丛向这里飘来。弯弯曲曲的狭窄小道穿行在泛着泡沫的滚烫的温泉水之间。有的喷泉池已经堆起一堆白色泥浆回归了宁静,有的池中还冒着细细的瘆人的水泡。流动的硫磺形成的一些小丘地带,被烧红了的松树横倒在地上。

大巴上下来的那些乘客们从纸袋里取出煮鸡蛋贴在脸上,像蚂蚁那样排成队列向前走。

"快看,有死了的小鸟。"

"真的呢。肯定是被硫磺味熏死的。"

有一点确信无疑，那个名叫吉次郎的男子目睹了这里的酷刑。他为什么去围观？就像那些佛教徒一样围观着，是为了搭救那些受刑的教徒和司祭吗？或者不是？完全无法揣摩。关于这位吉次郎，能势只知道他"为了老婆和孩子逃过一劫"而在衙役面前起誓弃教改宗。就是这样的一个人，他跟随七个天主教徒，从长崎步行至小浜，进而步履蹒跚地爬上了寒气逼人的云仙。

能势可以想象得到吉次郎的表情：他跟在人们身后，用丧家犬般的怯生生的眼神，观望着曾经是自己同伴的背影，随之，他又羞愧地移开了视线。能势觉得，那种表情就是自己的。双手被绑在身后的能势，断然无法大义凛然地站在冒着气泡的有些瘆人的池子前。

能势以为来到了一个开阔地，没想到一股带着恶臭的气体比先前更加猛烈地扑面而来。走在前面的母亲搂紧自己的孩子往后退了几步。一块写着"此处往上危险"的告示牌深深地插在黏土中，告示牌边上，木乃伊似的躺着三只小鸟的尸体。

天主教徒受刑的地方一定就在此地。透过水雾般移动的蒸汽缝隙，对面出现了黑色的十字架。能势用手绢捂住鼻子,最大限度地靠近告示牌,俯身向脚下望去,浑浊泛白的滚烫热水就在眼前翻腾,冒着巨大水泡。没有其他可站人的地方,教徒们一定是在能势现在站的位置上接受了酷刑。吉次郎一定远离此地,不错,就像刚才害怕靠近此地和妈妈一起怯生生地蹲在地上的孩子,他一定和围观的人一起,目视着眼前发生的一切。他心里一定在说"请原谅我"。假如能势和吉次郎处于相同的境地,除了重复"请原谅我、请原谅我"之外,也一定无计可施。"请原谅我,我不是你们那种勇敢的殉道者。一想到如此恐怖的刑罚,我胆战心惊。"

不错,他也有自己的道理。假如自己活在信仰自由的时代里,绝不会变成弃教者。也许不会成为圣人,但一定是坚守信仰的平凡人。只是不幸的是,吉次郎生活在迫害的年代,由于恐惧而誓约弃教。不是谁都能成为圣人和殉道者的。可是,没有成为殉道者的人,就必须终生被打上背叛者的烙印吗?也许,与此同时他也向指责自己的教徒们提出了这样的质问。尽管他有自己的理由,但他的内心一定依然沉痛,憎恶自己的软弱。

"弃教者也有弃教者不为人知的痛苦。"

受伤小鸟的哀鸣,三百年后的今天也传到了能势的耳边。《天主教徒忏悔录》中一行短短的文字，就像锋利的尖刀插在能势的胸口。那一定也是吉次郎在这个云仙之地亲眼看到过去的同伴受刑的场景时从心灵最深处发出的声音。

能势回到大巴上。从云仙到岛原不足一个小时。天空终于露出了一个拳头大小的蓝天，空气依然寒气逼人。女乘务员还是一脸堆出来的笑容，唱歌似的说着导游词。

能势能够想象，不屈服于云仙酷刑的七个教徒，就像现在自己下山一样，被押送着徒步走向岛原。他们拖着被滚水烫伤的双脚，拄着拐棍，衙役从背后推着他们的身体，从这条山道缓步而下。

吉次郎有气无力地跟在他们身后，并保持着一段距离。当教徒们疲惫不堪时停下脚步，吉次郎也在远处惊恐地停步。为了不引起衙役的怀疑，他像兔子那样急忙跑进密林中蹲下。当教徒们再次迈开脚步后，他才起身。这一场景，一如被抛弃的女人无精打采地跟在男人的身后。

到了半山腰可以望见黑黝黝的大海。乳色的白云似乎笼罩在海面上不断向远方扩散，云间射出几束微弱的光线。假如是晴天的话，大海一定湛蓝湛蓝的。

"看啊，对面的小岛，小得像个斑点。很遗憾今天看不清。岛原之乱时，天主教徒的首领天草四郎和同伙们就是在那个小岛上共商大计的。"

听着女乘务员的解释，乘客们兴味索然地向小岛的方向望去。很快，杂木林就将遥远的大海遮住了。

望着那片海，七个教徒心里在想些什么？他们清楚自己不久就会在岛原的刑场上被处死。当时，按规矩殉道囚犯的尸体会被立即烧成灰烬投入海中。因为如果不那么做的话，有人就会偷偷收藏他们的衣物、头发，当作天主教徒遗留的圣物进行膜拜。因此，当站在这里眺望远处的大海时，七个教徒一定也在想，那里就是自己的墓地。吉次郎也看到了那片海，他一定沉浸在另外一种悲伤中——信仰的世界里也有强者和弱者。强者浑身荣光，弱者注定羞愧一生。

教徒一行被关进了岛原的监狱。一个房间只有三尺大，铺着一张榻榻米。这间屋子里关了四个人，另外三人被关进了另一间同样拥挤的屋子。在等待行刑的日子里，他们互相鼓励，不断进行着祷告。这期间，吉次郎去了岛原什么地方，无人知晓。

岛原，昏暗的街道十分宁静。大巴抵达小码头的栈桥前,有一艘往返天草的破旧的小船孤单地被缆绳固定在岸边。哗啦哗啦拍打着岸壁的微波上漂浮着木块和垃圾,还有一只猫的尸骸像卷起的旧报纸那样浮在它们中间。

街道沿海细长地延伸开去。貌似街道工厂建筑的围墙一望无际,药品的气味径直飘到了大街上。

能势向复原的岛原城走去,途中只遇到了两三个骑着自行车的女高中生。

"处死天主教徒的刑场在哪里?"

女高中生经能势一问涨红了脸。

"啊?有那种地方?你知道吗?不知道吧?"

她们只是摇头。

能势走进武士住宅遗址的一角。城堡里面,小道纵横,道路之间是成片的泥墙。小道上还留着当时的水沟。晚霞映照下的土墙的黑影里可以看到酸橙树已经结果。很多房子看上去十分陈旧、阴暗和潮湿。当然,这些应该都是身份卑微的武士家的建筑,建于德川末期。在岛原的刑场上被处死的天主教徒为数众多,但能势还没有读到有关他们牢房在什么地方的史料。

能势半路折回,走了一段路后拐进了播放着流行歌曲的商店街。马路的幅度有些窄,但各式店铺鳞次栉比,还有卖土特产的商店。小河里淌着清澈的水。

"你问刑场？我知道。"

香烟店的老大爷告诉能势，再往前走一点有个池塘，过了池塘笔直走可以见到一家幼儿园，幼儿园的边上就是处死天主教徒刑场的遗址。

在行刑的前一天，不知通过什么关系吉次郎去见了那七个囚犯，这一点有文献记录。八九不离十他用钱贿赂了狱卒。

被酷刑折磨得异常消瘦的囚犯们接过吉次郎递到手中的少得可怜的食物，"吉次郎兄，你反悔了？"

一个囚犯用怜悯的语气问道。反悔指的是一度弃教的人对衙役表示自己还是不能放弃信仰。

"你是因为反悔才来到这里的吗？"

吉次郎战战兢兢地抬头注视着大家，摇了摇头。

"吉次郎兄，那我们就不能接受你的食物。"

"为什么？"

"不为什么，"囚犯悲哀地咬着嘴唇。"我们已经豁出性命了。"

吉次郎只能低头沉默。他很清楚自己根本无法忍受在地狱谷目睹的严刑拷问。

"难道必须承受那些吗?"他带着哭腔嘟哝道。"我就去不了天堂吗? 天主他老人家抛弃了像我这样的人了吗?"

按照老大爷指点的那样,能势走过商店街,见到了池塘。池塘的水被闸门挡住后经过地下流向城里的小河。能势看到告示牌上写着:岛原城里的饮用水之所以那么清澈,是因为有了这个池塘。

孩子们玩耍的喧闹声传了过来。香烟店老板所说的幼儿园的院子里有四五个小学生在玩投球的游戏。淡淡的夕阳照在幼儿园的秋千和砂石上。能势绕到叶子落在地面的蔷薇墙的背后,那里仅有些干枯的树木,是刑场的遗址。

刑场,其实只是七八十坪的空地,上面长着褐色的野草,垃圾堆的上方有一棵枝叶繁茂的松树。能势之所以千里迢迢从东京特意南下九州,就是为了亲眼看一下这个刑场。不,不仅是为了看一眼刑场,更是为了更加清晰地捕捉曾经在此地现身的吉次郎的内心世界。

翌日清晨,七个因犯被押上了无鞍马,在岛原的城里示众了一圈后,被带到了这个刑场。

"游街示众后,受刑者们被带到了竹栅栏围起来的刑场,他们被放下马来,每人相隔三米站到了并排的木桩前。脚下已经堆满了木柴,上面覆盖着浇上了海水的稻草。这是为了防止火势迅速上蹿而使得殉道者们没有痛苦地死去。同时,衙役们尽量用绳子将他们在木桩上绑得松一点,这是为了让他们在死之前还能挣扎身体,自如地喊出要求弃教。"目击者记录下了当时的情况。"衙役点火时,一个男子不顾衙役的制止跑向木桩。他高喊着什么,他的声音被木柴燃烧起来后的大火声掩盖住了,听不清楚。熊熊的火势和火焰挡住了男子,使他无法接近受刑者。衙役迅速抓住男子,问他是不是天主教徒。男子一脸惊恐地站住了,他回答自己不是天主教徒,和那些人没有任何关系,只是看到眼前的场面被吓坏了。他嘴上嘟哝着,垂头丧气地转身离开了。不过,很多人看见他在围观的人后面双手合十,一直说着请原谅我、请原谅我。在大火吞没木桩之前,受刑者们唱着歌。他们的歌声十分欢快,和他们所受的残忍酷刑完全相反。很快,他们的歌声戛然而止,刑场上只剩下木柴燃烧的沉闷的声音。刚才的男子有气无力地离开了。大家都在说,那人一定是天主教徒。"

能势意识到刑场中央有一块发黑的地面。他仔细观察,有几块烧焦的石头半埋在黑土里。他不清楚这几块石头是不是三百年前在对七个天主教徒处以火刑时使用过的。他捡起其中的一块石头放进口袋。随后,他也和吉次郎一样,躬着背走向大马路。

那个男人

　　注视着蹲在浴缸的炉口前往里添柴的妻子,他想,一张好憔悴的脸啊。炉口的烟火令她有点浮肿的眼眶和脸颊上有一团火影在晃动。为什么娶了这个女人?事到如今突然开始思考这个问题,是从昨天下午开始的,那是因为三田告诉了他出人意料的决心。外面在下雨……雨已经接连不断地下了三天,浸透了栽在院子里的八角金盘的根。孩子们的内衣裤和睡衣也没法晾到院子里去,都挂在浴室和走廊里,它们散发出来的潮气和讨厌的气味在时刻提醒胜吕自己疲惫不堪的婚姻生活。

　　"老爸,无聊死了,"孩子央求着,"说点什么嘛!"

　　"是哦。说点什么呢?"

他歪着脑袋望着窗户外笼罩在大雨里的风景。对面是刚建好的住宅区。这里离东京四十分钟车程，是将丘陵平整后开发出来的地带，在泛起红土的土地上建起了一栋栋商品楼，四周还残留着一些栗子树和漆树等杂木林。杂木林中也持续下了三天雨。

"有一天，孩子们在那片杂木林附近玩棒球。球落到了树林中，孩子们拨开草丛去树林里找球。突然……"

"突然……怎么了？"

"突然……"胜吕故意卖了一下关子，继续道。"突然，一个和老爸差不多年纪的男人……吊在树林里。他穿着褪了色的睡袍，洗澡时没有洗干净的两只脚悬在空中。"

"别给孩子讲那种故事，"正在为炉口盖上盖儿的妻子责怪道。"别讲那种吓人的故事。"

"他为什么要上吊？那个和老爸差不多年纪的男人，没干什么坏事，也不是做生意失败了，夫妻也没有吵架。所以，大家都不知道这个大叔为啥要上吊自杀。……只有一只狗用哀伤的眼神一直注视着杂木林。"

"狗？"

"是的。故事讲完了。"

"什么呀，讲完啦，没意思。"

　　我和老婆还有孩子,这辈子不会分开吧,胜吕抱着膝盖想。胜吕的父母怀着对对方的怨恨离婚了,他觉得自己和这个有点肥胖、脸色憔悴的妻子应该会一辈子生活在一起。这是因为有时胜吕将妻子憔悴的脸和"那个男人"的脸叠加在了一起。我一辈子不会抛弃"那个男人"吧!就像我不会抛弃妻子一样,不会抛弃"那个男人"。我断然不会抛弃犹如望着杂木林的狗那样眼中流露着哀伤的"那个男人"。

　　昨天和今天一样都是下雨天,胜吕在新宿拥挤的爵士咖啡馆里对三田说起了"那个男人"的事情。情侣座上,也就是和二等列车没有什么差别的并排的座位上,年轻的公司职员或学生和女孩子靠坐在一起。两个男人坐在一起的,除了胜吕和三田没有其他人。找不到空座,也只能将就了。两人椅子上的弹簧已经变松,上面还留着刚走的一对男女情侣潮乎乎的余温。

　　"什么事?"

　　"我,下个月……"

　　三田单手撸着潮湿的雨伞,眨巴着眼睛。他脸颊的右下方长着一个鼓起的东西,像只小口袋那样抖动着。三田说那是个不用担心的肉瘤。在朋友中间拥有"老马"绰号的三田，由于这只肉瘤，看上去更像一匹老马了。

"这家店够吵的。"

"因为是周六。"

"对了，你有什么事……"

"下个月，我，想去受洗。"

说着，三田就像脱光内衣站在医生面前的年轻人一样，脸上泛起了红晕，他的视线落在还剩一点橙汁的杯子上。三田和胜吕都是年近不惑的小说家。在认识的很长时间里，虽然会通过作品推测对方的内心世界，但彼此从未当面交过心。对别人敞开心扉毕竟是件难为情的事。即便在小说里，他们也不可能将自己的内心世界一览无余地展示在别人面前。就像水从箩筐底下流走一样，他们在小说中至多也只能叙述自己可以抓到的故事。

"呃？洗礼吗？"

"嗯。"

三田的妻子很早以前就已经是教徒了，而三田一直顽固地拒绝受洗。胜吕小时候也接受过洗礼，这就是三田来找他的理由吧。

不过，胜吕不喜欢信仰、洗礼这样的辞藻。这些词藻就像约翰小林、亨利山田等日裔二世的名字一样轻薄和幼稚。不仅如此，这些词还让人觉得，那么轻易地把自己的精神世界暴露在光天化日之下难免轻率、不知自重。除了洗礼和信仰，甚至诸如"上帝"这种缺乏个性的词，胜吕也变得不再出口，他尽可能用其他说法来称呼。他希望用能激发自己实感的词汇来称呼上帝。可是除了"那个男人"之外，他找不到用其他日语而又不会让自己感到难为情的词。

"那个男人"，从胜吕的少年时代起就在他的心里陪伴着他一起成长。如今的胜吕已经是留着胡须的中年男人了，长着一张眼窝深陷、疲惫不堪的脸，与自己一样，"那个男人"也有一张眼窝深陷、疲惫不堪的中年男人的脸。对"那个男人"，胜吕无法用上帝这种没有实感的、暧昧的辞藻来称呼。

"怎么回事，那么突然。改变主意了？"

为什么开始转而相信上帝的存在了？胜吕意识到问出这么露骨问题的自己有些不礼貌。邻座上，一个男学生和染成金发的女孩双手勾在一起。女孩试图靠在男孩身上，男孩难为情地避让开了。身后的座位上传来两人的谈话声："那种事情不会轮到登坂？""你看过《社长外游记》这部电影吗？""你真蠢。"杯子好像从服务生手中滑落到托盘上了,发出很大的声响,大家回头朝他们望去。咖啡馆里充斥着烟味和湿漉漉的雨鞋的气味。这里似乎不是谈论上帝存在的好地方。可是,窗户外望得见的新宿的嘈杂——等在红绿灯前的公交车和小车、电动洗衣机的广告、聚集在春季用品大减价的鞋店门口的妇女们,如果不能在日本这种肮脏的街道寻找到"那个男人"——上帝的存在,你的小说写的究竟是什么呢? 胜吕想。

"为什么……我也说不好为什么。"

三田想要试着解释他准备接受洗礼的动机。半年前,三田和妻子去了趟罗马,两人参观了梵蒂冈的宫殿。那些过于奢华的建筑和广场令他不快。抵达耶路撒冷时,他发现那里和善光寺一样,已经变得俗不可耐,这让他很生气。但是,人对于自己不是发自内心感兴趣的事物、热爱的事物应该不会感到不快或者生气。在从印度返回羽田的漫长的飞行途中,他反复回味这件事,不停地思考。

"唉,就这些吗?"胜吕开玩笑道。"听上去通俗易懂。"

"嗯,一点肤浅的想法。"

胜吕当然明白,谁都说不清楚信仰的动机。长着一张马脸的三田眨巴着眼睛所做的解释,只是内心所藏秘密的大冰山中的一个小角。一个灵魂在接受"那个男人"之前,有一张如同松树枝干上的表皮那样的东西附着在意识的外部,剥开这张表皮大概才会有白色的树液流出来吧。每个人都无法叙述被挤出来的树液。三田怎么说都可以——我决定改宗是今天早晨的事,因为一睁眼天空放晴了。如果三田真这么说的话,胜吕觉得自己也能接受。

"真羡慕你们。你,还有长尾。"

"为什么?"

"你们两个都是自己的选择。"

长尾和三田、胜吕同样,也是年近四十的作家。长尾的妻子有点神经衰弱,几年前夫妻双双回了两人的老家——日本最边缘的小岛。胜吕没听说过长尾改宗的理由。只是从他写的小说中揣摩到,在因病而变得脾气暴躁的妻子和同样身体有恙的孩子的双重压力下,长尾过得狼狈不堪。他竭力想要守住这样的生活,并且打算用一辈子来背负重担,而不选择逃离。背负需要意义。不,正因为有意义才决定背负。不管怎么说,长尾和三田一样,凭自己的意志选择了信仰。

栗子树和漆树等杂木林时不时像人抖动身体般将浑浊的雨水抖落到地上,胜吕在家里都能听到这种声音。不论三田还是长尾都是亲手选择了那个人,而胜吕却不是凭自己的意愿选择的信仰。这件事时至今日依然让他内心时常生出隐隐的愧意。不,不仅如此,那时胜吕还是个少年,心里不存在一丝一毫的信仰却接受了洗礼。不错,家里还留着那时的照片。他肤色黝黑,脖子伸得很长,说话声音非常奇怪,那时别人叫他乌鸦。照片上,他用怯生生的眼神望着镜头。

胜吕还记得,载着母亲和乌鸦兄妹的大船从大连出发驶往门司。船上到处可以闻到油漆味和从厨房飘出来的腌咸菜的气味,通过圆形的玻璃窗可以看到东海漆黑的海面上翻滚着白色的波涛。

"哥哥,妈妈说我们是要去神户的姨丈家。真讨厌,这双袜子又破了。"

不谙事的妹妹将破出一个洞的袜子送到胜吕鼻子底下,兴高采烈地说着,她对马上要到来的生活充满期待。

"是吧?老妈。"

明天就要抵达门司了,可是晕船的母亲身上还裹着毯子,紧闭着双眼。乌鸦望着圆窗外面狂风吹拂的黑色海面,脑子里想着留在大连的父亲和黑色的满洲犬。母亲和父亲决定分手的事情,即使没有人告诉自己,乌鸦也十分清楚。母亲告诉他和妹妹,父亲不久也会回到内地,当时,从母亲的眼神中他立刻明白了，母亲在撒谎。波涛变得狂暴时，床铺和床铺连在一起的铁链条发出吱嘎吱嘎的响声。听着这种声音，乌鸦把印着轮船照片的明信片放在膝盖上，用彩色笔开始写信给学校的同学们，写到一半他又撕了。他想，自己已经不会再回大连，不会再见到他们了。

在从门司到神户的火车上，乌鸦第一次全神贯注地眺望内地的风景。只见过高粱地和农家土屋的他，映入眼睛里的是稻草顶的房子和红柿子的果实，一切都十分新鲜。

他们寄居在母亲妹妹的夫家。姨丈在医院当医生，他们没有孩子。家里就像医院那么无趣，消毒药水的气味甚至渗透到了厨房。只是，这栋不大的房子里，每个房间都挂着十字架，这让乌鸦觉得很奇妙。

姨妈和姨丈都是天主教徒。

姨丈是个性格内向、脸上没有表情的人。对于妻子的姐姐带着孩子来自己家居住他也没有说过什么，但下班回家后对妻姐和她的孩子们十分冷淡，从不打招呼。他就是这样把自己的态度展示给妻子。每当这种时候，乌鸦的母亲为了讨好他，便会突然精神头十足地问他今天忙吗、病人怎么样，等等。但他从不露出笑脸，有时也只是回应一下"啊""不"。吃完饭后，他也只是一言不发地将医学杂志放在膝盖上翻看。

年少的乌鸦心里隐隐感觉到自己一家好像被姨丈嫌弃了。他靠在窗户上，望着深秋落日下的六甲山，心里想着父亲、想着和父母一起生活的大连的家，还有坐在雪中的马车上摇晃着身体的夜晚，可他不知道究竟能为自己和母亲做些什么。

为了巴结用沉默来和母亲还有两兄妹相处的姨丈，乌鸦想方设法主动和姨丈说话，可一开口却变得笨嘴拙舌。

"姨丈，这是……什么？"

妹妹指着餐厅里挂在一颗钉子上的十字架大胆地问姨丈。妹妹其实在大连的俄国人教会里见过这种东西，不用问也一定知道。

"十字架。"

姨丈从医学杂志上抬起头来，只吐出一个单词。

"这是干吗的？"

乌鸦鼓足勇气开口问。不过，他实在无法像妹妹那样用撒娇的语气说话。

"嗯——"

姨丈显然不耐烦地没再抬起脸来。姨妈为了缓和气氛赶紧插嘴解释起来。

"信酱，没见过教堂吗？教堂是上帝……"

对于姨母冗长的解释，乌鸦一直在点头，可他压根不信这些。他想起大连街头上卖圣像和徽章的老头。

乌鸦常常和同学们一起朝那个总是流着泪、用脏兮兮的手绢擦鼻涕的老头扔石头。

每晚，乌鸦的母亲照例会对着姨丈和姨妈发牢骚。有时姨丈突然脸色一变起身离开，房间里的气氛一下子变得尴尬起来。姨妈脸上露出为难的神情——

"姐姐和孩子们快去睡吧！"

说完，姨妈便追着姨丈离开。在二楼六张半榻榻米的房间里，母子三人睡下后，轮到乌鸦开始听躺在熟睡的妹妹身边的母亲抱怨。

"亲戚也靠不住。就算是姐妹，一结婚就变了。"

"老妈，那是因为您每天晚上在姨妈和姨丈跟前发相同的牢骚，我也听腻了。我们出去借房子住吧。"

不能一直寄居在姨妈家里。姨妈也托朋友和熟人帮母亲介绍工作，而母亲拿得出手的技能只有钢琴这一项。但至少不能惹姨丈和姨妈不高兴，所以乌鸦一放学回家，就算没人吩咐也会主动打扫院子，帮姨妈干活，想办法博得他们的表扬。不过，笨手笨脚的乌鸦不是把打扫院子的筘帘弄断，就是把用得好好的包布搞丢。

周日，姨妈去教堂做弥撒。有时姨丈也一起去。有一次姨妈邀请母亲一起去，母亲一回到家便右手拍着肩膀嚷嚷。

"啊啊，肩膀酸死了。都搞不清楚那些人是来祷告的还是来展示衣服的。"

"您还是去教堂吧，姨妈也会高兴。"

离开大连以后，由于父亲不在，乌鸦不知不觉地就成了母亲商量的对象。在那种情况下，他也逐渐养成了用大人口气说话的习惯。

"那你和笑子一起去吧。老妈是不想去那种地方受罪了。"

"又来了。"

接下去的周日，乌鸦硬着头皮站到正在玄关穿鞋的姨丈和姨妈的身后。

可是想说的话却卡在喉咙口说不出来。姨丈沉默地注视着乌鸦的脸，乌鸦回过头去，望着妹妹，流露出求救的眼神。

"可以去教堂吗？"

"笑酱吗？"姨妈用眼角偷觑着丈夫，声音里透着喜悦。

"还有信酱？"

两人和姨妈一起跟在走在头里的姨丈身后。他们坐上阪急电车，在夙川站下了车。除了神户外，只有这里有天主教堂。

第一次观看弥撒，乌鸦感觉很无聊和屈辱。周围的人忽而起身，忽而跪下。乌鸦按照姨妈的指示坐在儿童席上，他必须像小猴子那样模仿比自己年龄还小的孩子。其他孩子背诵祈祷之时，他只能呆呆地站着。从窗外射进来的阳光照得睡眠不足的乌鸦头痛不已。当香炉里的乳香开始在堂内飘散开来时，乌鸦差点被那气味熏得呕吐。

一个小时后，乌鸦终于走出了教堂，他贫血发作，脸色铁青。

"怎么样？"

姨妈问道，乌鸦也回答不上来。

"我一直在认真祈祷。"

妹妹有时会装出十分天真的表情来讨姨妈欢心。

"信酱呢？"

"我，"妹妹更像唱歌似的说道，"下次还想来教堂。"

在从教堂走回电车站的坡道上，姨丈忽然走到乌鸦的身边，一反常态地用温柔的语气开口道：

"不喜欢吧?"

自那以后,乌鸦每周日都在姨妈带领下去教堂做弥撒,因为他觉得如果偷懒不去的话,姨妈就会不高兴。而且他还想,如果不这么做的话,妈妈在这个家的处境会变得越来越糟糕。

第四次去教堂时,做完弥撒,姨妈将乌鸦带到穿黑衣服的老神父面前。老神父的脸和在大连时见到的俄罗斯老头非常像。俄罗斯老头边擦着眼屎边卖圣画,还在洋槐树下数赚来的钱。

"不错,"老头将手搭在乌鸦肩上笑着说。"下次就来周日儿童天主教要理班吧。有很多小朋友呢。"

"信酱,怎么样?"

乌鸦抬头望着姨妈的脸,姨妈的口气是在询问他的想法,可脸上的表情却是催促乌鸦赶紧感谢老司祭。

"多好啊,信酱,"姨妈说。

母亲听了这件事,没有发表任何意见,她大概觉得这不是什么坏事。乌鸦和妹妹加入到五六个比自己年龄还小的小学生中间,由日本的修女教他们背诵小册子。小册子里写着很多乌鸦完全不理解的词,比如圣灵、三位一体等等。

很快到了受洗的日子。乌鸦被带到了最前排的席位上，和头戴花冠、身穿白衣服的女孩以及穿水兵服的男孩们站在一起。受洗仪式开始前，先要举行宣誓仪式。

"你相信唯一的主吗？"

老神父站在教徒面前，和孩子们反复进行了几次问答，这是前一天像学生文娱会的舞台剧排练那样事先教好的。

"相信！"

妹妹大声回答。

"你呢？"老神父从老花镜的下方注视着乌鸦。"你相信唯一的主吗？"

"相信。"

乌鸦回答。

胜吕注视着将柴火送进炉口的妻子臃肿的脸，忽的想起结婚前言辞刻薄的师兄说的话。

"脸长得像饭团一样的姑娘啊。"

这张饭团一样的脸，如今颜色黯淡，缺少光泽。那时还算苗条的体型也发福得毫无美感可言。由于有心脏病，妻子时常发出"呼——呼——"的笛子般的声音。严格来说,这个女人也不是自己的选择。和少年时代的乌鸦为了掩饰自己的软弱而利用了"那个男人"一样,为了达成与周围环境的妥协,他娶了这个女人。

当时胜吕二十八岁。上中学四年级时,母亲去世了,之后他和妹妹回到了父亲的家。除此之外别无选择。

"你的结婚对象,老爸替你找。"

父亲平时常把这句话挂在嘴边。

"因为你老爸经历过失败的婚姻。怪我没有识别年轻姑娘的眼力。"

胜吕对父亲此刻一脸洋洋自得的表情和不负责任的话深感不快。他不仅反感父亲要来左右自己的婚姻对象,同时他也不满父亲对死去母亲蔑视的口吻。他想起住在御影的姨丈家时,母亲每天晚上对姨丈姨妈说丈夫坏话、抱怨丈夫时的那张非常难看的哭丧着的脸。那张哭丧着的脸总是弄得很脏。但是,不管怎么说,对他来说那张哭丧脸的女主人是自己的母亲。和父亲看上的女孩结婚,光凭这一点,就会让母亲那张哭丧脸的表情变得更加孤独。

自从来到父亲的家里,胜吕兄妹几乎没有提起过死去的母亲。不知不觉中两兄妹也渐渐习惯了母亲不在的生活。犹如母亲泛黄的相片从相册里撕下了那样,甚至她曾经活着过这件事也被所有人无视了。胜吕与这种生活进行着妥协，但内心承受着难以忍受的不快感。

妹妹已经闪电般地嫁给了父亲看中的青年。

"虽然是他们的孩子，可我不想背负父母的过去呀，"有一次妹妹对胜吕说，"我是我，我有自己的生活。"

这句话里包含着如此自私的逻辑，即对于兄妹来说，应该用现代人的思维迅速抛弃一直像重担一样压在身上的对母亲的回忆。胜吕不想和妹妹争论，但他讨厌她。

妹妹每月来两次位于中野的父亲家。她在哥哥面前总爱做出一副和儿子、丈夫在一起是多么幸福的表情。

"爸，信酱差不多也该娶老婆啦。"

妹妹的丈夫比胜吕年长，所以毫无顾忌地称胜吕为信酱。这个男人，即使没人要求，他也会不脱袜子就穿上院子里的木屐，为在院子里摆弄盆栽的父亲打下手。

"对呀，"父亲动着剪刀，"他要求太多，不好办啊！"

"不过，如果是爸爸看上的肯定不会错。信酱是不？"

在套廊上为三岁的孩子穿白色毛裤的妹妹也帮腔。

"对呀。别听他的，老爸选就是了。"

妹妹的脸长得争强好胜，完全不像母亲。她鼻子尖尖的，有点向上翘。只要生活过得风平浪静，她就会闭上眼睛,无视自己内心最深处的东西,这是妹妹打小以来的性格。现在,她将这种性格发挥在了那个将不脱袜子的脚伸进院子里的木屐、不需要人要求便去为父亲的盆栽浇水的丈夫身上。胜吕寻思,妹妹和这个丈夫睡在一起时会是怎样一种表情呢?

胜吕以各种借口回绝了父亲从熟人那里带回家来的相片。他仅勉勉强强地去相亲过一次。在镰仓的某寺院里,对方家的姑娘在胜吕面前表演了茶道的礼法。

"为什么?你不想结婚?"

相亲不成功,父亲一反常态,愁眉苦脸地把胜吕叫到自己房间。胜吕推门而入时,父亲正在用开水烫热酒盅一样的茶杯,剩下的水温刚好泡煎茶。胜吕一声不吭地注视着父亲骨瘦如柴的手。

"难道你有喜欢的人了?"

"是,"胜吕撒了谎,"不过,还不知道对方的想法。"

其实他没有喜欢的女孩。虽说也认识五六个女孩,但并没有超出单纯交往的范围。

"有就好,"父亲端着茶杯,一脸郁闷地望着院子里的花草,"早说不就行了?"

一个月后,他对现在成了妻子的女孩求婚了。完全不存在男孩对女孩的那种感情的胜吕，提出在乌冬面店里和女孩结婚。之所以选择一点儿情调都没有的乌冬面店结婚，是因为他告诉自己的内心，这一求婚对自己来说只是完成一项任务。事实上，为了阻止父亲张罗自己的婚姻，也为了不让带着难看的哭丧表情死去的母亲在自己的心里遭受更大的孤独，他觉得只要是普通人家的女孩，和谁结婚都不是问题。在交往的五六个女孩中，这女孩是最缺乏魅力的。她如梨花般朴实，内敛而隐忍。参加宴会时，她也只是带着饭团般的脸安静地坐在角落里。

在乌冬面店里，胜吕喝着热水开口道，我们结婚吧。那张饭团一样的脸瞬时抖动了一下，吃惊地望着他。

结婚后住在一起，胜吕想起当时她的表情中也流露着某种痛苦。妻子当时并不清楚胜吕的心思。她不知道胜吕是为了不背叛死去的母亲这一自私的理由而决定和她结婚。不是因为爱，而是由于软弱才娶她为妻，妻子大概一辈子都不会察觉这一点。

妻子逐渐发胖，变得丑陋，有时这让胜吕变得情绪焦躁。虽说胜吕不太和妻子争吵，但并不是因为彼此满意对方。一个冬天的夜里，他打了睡在婴儿身边的她，说了不该出口的话。

"你这种人……我……不是真心想要的。"

饭团般的脸望着胜吕,泪水在饭团般的脸上慢慢地流了下来。

然而,不管是真心还是假意,胜吕不得不对娶了一个女人为妻的行为负责。事实就是,她和他生活在一个屋檐下,和他过日子,是他孩子的母亲。无论满意或是不满意,她是要和胜吕生活一辈子的女人。胜吕愈发觉得,自己和其他男人不同,不是因纯粹的爱情而娶了这个女人,可是"爱"这个过于夸张、装腔作势的辞藻,听上去和"信仰"、"洗礼"一样轻薄。爱的意义,逐渐在胜吕的内心萌生出新的意义。人会被美好的、美丽的事物吸引,不过,那显然不是爱。

"你这种人……我……不是真心想要的。"

那天夜里,当他打了她,说出那句不该出口的话时,饭团般的脸望着胜吕、饭团般的脸上流下热泪时,胜吕想,这个女人的确是我的妻子。她心脏不好,"呼——呼——"地边喘着粗气边往炉灶里添加煤炭和木柴。她的眼眶和脸颊都是臃肿的,头发变得灰白。这张脸是随处可见的憔悴不堪的妻子的脸,可那无疑也是胜吕的杰作。就像胜吕收集素材、揉捏它们、情绪焦躁，最后写下拙劣的小说那样，妻子是他自己人生的作品。并且，在这张憔悴的脸后，胜吕就像娶了这个妻子一样，还选择了一张并非真心想要的脸。与对待这个妻子无异，他对他心怀恨意、拳打脚踢。

"你这种人……我……不是真心想要的。"

他多少次望见被自己咒骂的"那个男人"憔悴的脸。

犹如在乌冬面店里妻子并不知道胜吕的真心而嫁给了他那样，在某个冬天的清晨，在夙川的教堂，"那个男人"将乌鸦不含爱意说出的天主教要理形式上的誓约当成了真心，闯进了胜吕的生活。他和妻子一样，气喘吁吁地发着"呼——呼——"的笛声，带着那张丑陋的脸，在三十多年间成了胜吕的同伴。

就在胜吕骂出"这个男人"不是我真心想要的话时，那双如同狗一般神情可怜的眼睛直视着自己，眼泪在他的脸颊上缓缓流下来。那就是"那个男人"的脸。不是宗教画家笔下的"那个男人"英俊的脸，是只有胜吕知道、只属于胜吕的"那个男人"的脸。就像我不会抛弃贱内一样，我也一定不会抛弃你。我像欺负贱内那样一直欺负着你。我没有自信告诉你，今后我不会再像欺负贱内那样欺负你，但是此生我不会抛弃你。

雨终于停了。胜吕带着孩子走下积了很多水的丘陵，去车站前的香烟店买烟。天空上还笼罩着灰色的云，云间微射出来的一丝阳光，使得马路上的积水泛着亮光。

"那是鱼腥草，手会发臭的。"

胜吕责备蹲在草丛中摘白花的孩子。

"快跟上，不然我一个人走啦！"

"就是这个杂木林吗？"

"什么？"

"刚才老爸讲的那个故事。"

孩子将小石头掷向杂木林。

Ⅲ

例之酒癖　诳语绮言

I

　　哟吼,这不是服部吗? 看背影这样子哦,一直在想,这不是服部吗,这不是服部吗,西装笔挺。想起你上中学时的样子,哪想得到你穿着笔挺的西装,俺几次想叫你,还是放弃咯。刚才你不是点了煎豆腐吗,这声音,果然是你……啊哟,想死你啦(哪来的男人,不知轻重地乱拍别人肩膀,他皱起了眉头)。

　　哟吼,西装革履的哦,你也升官了啊。瞧这身,上中学从没见你这么打扮,上帝都不会想到你一身笔挺的西装啊。体育课,老是揍你的老师……嗯,叫什么来着,对、对,蝮蛇,他要是听说了,不知该有多吃惊哦。

喂,想死你啦(这个男人又不知轻重地拍他的后背)。骗你不是人,太想你啦。笔挺的西装哦,你现在干吗?不给张名片?唉,三友机械制造股份公司,总务科长。居然是科长啦,吓死人啦。想着你应该升官儿了。没想到当了科长,太吓人啦。

喂,大姐,这男人,是大公司的科长哦。你自己无所谓的样子,可在公司里升到科长很难的呀。你看你,和俺一起上中学的发小,这身打扮可从来没见过啊。学习也不行,都在差班。所以,就算是科长,俺也佩服得五体投地。

俺?俺混得不行哦。无聊的上班狗。科长的位子,一辈子就甭想咯。不过啊,你在俺面前也别嘴硬。你上中学时穿得脏兮兮的样子,俺最清楚哦。你也嘴硬不起来啊。

不骗你,想死你啦。住哪儿?东生田?唉?东生田的哪块儿?小田急车站附近?别吓我。这不是和俺老婆的娘家在同一个地方吗。那好,下次,来俺家,咱喝酒啊。不不,老婆……在家……不好玩……这样吧,去新宿喝啦。新宿那边,有给俺打折的酒馆哦。那家店叫"千岁"。你去了那家店,就报俺的名字哦。俺介绍的客人绝对不敢宰啦。

东生田啊，和俺老婆家一个地方。俺老婆娘家姓藤山，你家附近没有？什么，不知道？那可是过去的大户人家啊。藤山家过去是大地主哦。现在不行咯。听说名字里带藤字儿的，差不多都是藤原氏的子孙啊。老婆的伯父家，代代町会议员。在东生田，你要遇到什么麻烦，就说是藤山的朋友，俺没问题哦。就算藤山爱一郎，也是他家的远房亲戚呀。

所以哦，老婆的祖父死的时候，犬养朴堂还送来了花圈啊。犬养，这人知道的吧？就是被军人杀了的总理大臣呀。

他的孙子，叫路子，报纸上不是经常有他的照片吗。是写文章的啊。俺也每年元旦给他寄贺年片哦。有一次还收到了他回的贺年片。给俺的贺年片，不是手写的啊。犬养路子，正经八百印刷的明信片哦。真的呀。行，下次，带给你看吧。

所以哦，下次和你一起喝酒时，可以打个电话给犬养路子，让他过来。和犬养路子，咱仨一起去"千岁"喝一杯咯。到时俺把你引见给犬养。和犬养路子三个人，去"千岁"喝一杯。那个店，我去就给打折的啊。

干警视总监的原文三郎，那人，上小学时和俺老丈人是同级生啊。现在来东生田的话,还"文酱、文酱"地喊俺老岳父。

忘了哪天,太好玩咯。俺和朋友喝醉了,坐了辆黑车,被警察抓啦。就在三宿那地方,从涩谷去三轩茶屋的途中。

司机吓坏啦,看着可怜死了,俺还是帮他出头了哦。

"你,给我说说警视总监的名字。"

警察很不高兴,一声不吭哦。

"你不知道原文三郎的名字?那好,给警视厅打电话,报藤山的名字试试哦。报藤山吉作的名字试试哦。"

俺很少干这种事哦。不过,有时对态度傲慢的家伙,也会拔出传家的宝刀。俺就是这样的人。

遇到你太好啦。西装笔挺。下次,喝一杯啊。新宿有家叫"千岁"店的哦。俺一去就给打折的呀。把犬养路子叫出来,咱仨喝一杯啊。

科长,好厉害啊。俺这种人倒着站都成不了科长咯。俺的名字不好哦。叫服部的人太多咯。木村、服部,和狗屎差不多啦。住在东生田的话,有什么难办的事情,说是藤山的朋友就行咯。

俺这种人成不了科长,不过我敢对警察发火啊。忘了什么时候，和朋友坐了辆黑车，被警察逮到咯。什么，讲过啦？俺就是那样的人。对态度傲慢的家伙，只要我觉得是正确的，就会大胆地说出来哦。所以俺在公司，从来不拍科长和部长的马屁哦。俺不懂那些想要升官的家伙为啥要拍科长、部长的马屁。所以，俺老是被人嫌弃哦。啊——被人嫌弃哦。因为俺不溜须拍马，不低头啊。俺想做的事，绝不含糊。想说的话，绝不藏着掖着。俺呢，就是这种性格。这种男人不好对付吧？从你这个当科长的来看，虽说不好对付，也要让一步吧。不管怎么说，能拿到合同的，才是公司里最厉害的哦。俺在周末的合同成绩表上是第一名啊。不管是科长还是组长，对我提不出什么意见。我比那些拍马屁的家伙高出一大截哦。

什么合同？不用问吧。别人的工作是别人的工作，自己的工作是自己的工作，没啥关系啊。只是啊，和俺公司签约比和其他公司签约，更有利可图。也不是要吹自己的公司哦。不算是吹，俺公司在同行业的公司中是名列前茅的啊。进公司不容易着呢。大学毕业生都被拒了，俺这种只有高中毕业的人，把大学生甩在后面进了公司哦。只要是人才，不管学历就录取啊。俺公司就是这么踏实，前途无量哦。不是那种进了"危险"黑名单的公司啊。

你们公司,和俺这样的公司签合同不就好啦。你想想哦,人不知道什么时候死吧。现在可是流行猝死的年代啊,平时一直很健康的人,半夜里,突然像狼一样"嗷"的一声就挂了,报纸上不是老有这样的新闻吗? 你不也有老婆、孩子? 所以哦,有句话叫居安思危哦,因为我们是人啊。身体会受核污染呀,放射线呀那些东西伤害哦,也不知道什么时候会死,到了那时候,你也会担心老婆呀,孩子吧。居安思危,有备无患啊。所谓防患于未然太重要啦。虽然大家看不起卖保险的。好咯,不说这些不吉利的话哦。好久不见了,太好咯。俺明天,去你公司,告诉他们,为啥买俺们公司的保险好处多。别说得那么不给面子,你不买的话,给我介绍些人啊。你不是科长吗。

科长啊,好啊。说实话,保险公司跑外勤的……干的是糟心的活哦。整天盼着别人死啊。前一阵,跑去驹泽了。到了那户人家,家里静悄悄的。女主人不在,有个一脸铁青色的男人在家,肺结核哦。老婆出去工作养着这个男人哦。俺不晓得,拉开玄关的门,那个男人穿着棉袍,俺和他谈保险的事情,他不停地轻咳。俺觉得有点奇怪,他强烈要求买保险。俺和他定下了这件事,把俺开心死啦。

俺公司的医生去取了他的体检表,才晓得是肺结核哦。没办法,俺只好去回绝他。

"你想想办法让我买保险。"

他这么说。他自己干不了活,很快就会死了,至少想留点保险金给老婆,说得好可怜啊。他想用自己的生命做交换,完成丈夫最后的义务哦。

俺没办法,好像和他聊了些闲话转移话题,那男人抱着膝盖,一边还轻咳。

"我说,卖保险的,人生啊,很大很大的灾难都是从背后来袭击你的。我四十岁开始得病,体会太深咯。"

他家院子里有棵八角金盘的大树,蜘蛛在树叶上结了网。那一带,还有家"罗宇屋",就是那种清洁烟管的"罗宇屋"哦,俺听到"哔——"的声响。俺没听明白那个男人说的话。

"说什么?"

俺问他。

那男人,抱着膝盖,他说,生病也好,不幸也好,都在你不防备的时候突然出现。它们不都是从肚子里出来的,是从背后袭来的。人时刻保护着肚子,对背后没有防备。大家都忘了背后。病魔呀死神呀,都从背后袭过来。

"那女人呢?"

俺想逗那个男人说了这话，铁青色脸的男人边想着边说。

"女人，也是掌握你命运的人，从背后袭击你呀。你就想想你老婆吧。我想，到了这种年龄你也明白了吧，还在你稀里糊涂的时候，有个女人不知不觉就成了你老婆，不是吗？"

俺想，他说得不错啊。俺第一次见到俺老婆是在东横百货。她坐在我边上吃笼屉荞麦面。她手绢掉地上咯，俺捡起来还给她。就这样认识了，结婚了。就这点没啥了不起的缘分。俺认识了很多姑娘，发生了关系，但没结婚啊，就和这个女人结婚啦。我现在还不明白为啥就娶了这个女人。

"每天都很没意思吧？"

"以后还会有什么我没想到的事情从背后袭来，我等着。"

"这什么意思？"

"我这样的身体，反正很快就死了。只有死这件事，肚子这边儿在等着。死之前，其他事情还会从背后来袭击你。"

俺想这家伙脑子有问题，沉默了会儿。

"其他事情？"

"唉，也就是说，就算我这样的人，人生也有价值。"

俺告辞后出了玄关，走了几步回头一看哦，那个男人蹲在套廊那边看着地面，蜘蛛拼命地在八角金盘上结网，看着瘆人啊。

俺今天也是一个人，坐在这里喝着，突然想到那个男人。脑子里想着背后、背后，就看见了觉着背后像你的男人。这个背后怎么看都觉得是你吧、是你吧，刚才一直在想。居然穿着笔挺的西装啊。你点了煎豆腐，一听声音果然，明白了，真是你哦。

说好咯，明天去你公司谈保险哦。必须喝一杯哦。新宿的"千岁"，俺一去，立马打折。什么？养犬路子？当然认识。不过……那人，可能不会去啊。俺叫了他会去……可他太忙啦……太难为他咯，俺俩去哦。

Ⅱ

哟哦，今天没有消毒水的气味吧。前几天有人说"一靠近大夫您身边就一股医院的味儿，受不了"，所以我特意注意了一下。嗯，来杯兑水威士忌，二倍量。

累死了。今天为个肺癌病人动手术。癌没有转移，只好一个个找，把它们挖出来，很费时间，累死我了。肺癌最初的症状？也就是胸口有针扎的痛感和咳血痰吧。

是你吗？说自己胃不好。怎么样了？饭前痛还是饭后痛？哦，不泛酸。应该是胃酸过少吧。没事没事。不过呢，缺少胃酸的胃，容易生癌，我不是吓唬你。预防？癌怎么预防得了。有的说是病菌，有的说是基因，什么样的理论都有，我们做医生的也不知道啊。有的说每天喝三盒牛奶，少吃盐什么的，没用。一旦宣告你得了癌，就当是命中注定吧，不用和它斗。再来一杯兑水威士忌，当然二倍量。

今天的肺癌病人？好不了。没用。活不过一年。当然，我不会和家属还有本人说这话，不过还是个死，岁数也大了，就当寿数到了吧。那人得过脑溢血，一直卧床不起，还是早点走了好。

你们还是多攒些钱吧。看着那些来医院的上了年纪的病人，真的这么想。夫妻间感情也好，亲子间感情也好，到头来都会变淡，我太清楚了。如果得个肺结核，妻子住两年医院的话，丈夫肯定会提出离婚。丈夫如果住四年医院，老婆也会受不了。得肺结核的，病人中的三分之一都遇到这种情况,他们变得心情烦躁,病情加重,我们也束手无策。爱情什么的,只有健康的时候说说,夫妻只要有一方生病成为另一方的负担,他们之间的爱情就会化为泡影。这不是大道理,我们每天在医院里看着这种事情发生呢。

亲子间的感情,更加残酷。

上个月有个新住院的上了年纪的病人,脑溢血后半身不遂。你猜一起来的儿子和儿媳对我们医生说什么?儿子戴着无框眼镜,看上去像个年轻白领。

"医生,请不要给我父亲用保险以外的高价药。"

年轻媳妇在边上赞同地点着头。就是那样。问了一下情况,儿子和儿媳也很头疼。在他们家躺了一年,照顾起来又费力又费钱。说实话,这么重的负担还是尽早死了好。儿媳看上去很单纯,很可爱,像没事人似的附和着老公。

老人住在医院里,儿子和儿媳几乎不来探视。这只是一个例子哦。长期患病的病人家属,多少都有这种心理吧。所以,等到你们上了年纪,长期得病的话,绝对不要相信孩子和兄弟姐妹的感情。那种东西到了最后都是靠不住的。我每天在医院里遇到这样的事情,多得都要让人吐了,才有了这种想法。

所以,我的意思是,像今天这样的肺癌病人,他活不长了。确实让人难过,但总比脑溢血半身不遂要好吧。

而且他最多熬不过一年。本人不清楚,以为自己治好了,兴高采烈出院了。过了一年,复发了,治不了了。医生大致清楚,出了院的病人还能活多长时间,多少岁会死。当然也有判断错误或者例外。这人还有十年、那人还有二十年,可以根据之前的统计推算出来。很准的哦。所以,不懂这些的病人比医生幸福多了,可以这么说吧。

医生一旦自己生了病,就做不到"无知者无畏"了,反而会更惨。知道得太多。啊啊,这种症状出现了,自己没救了,还能活多少多少时间,残酷的事实就摆在你面前。

大家有没有想过自己死的时候会是什么样子?如果让我们医生来说的话,人有一半在医学定义的死亡前就已经死了。脉搏停止跳动、听诊器听不到心脏跳动的声音时,我们会告诉家属"他去世了",其实大多数人在半天前就已经进入昏睡状态,没有了意识,所以死在临终之前就开始了。

有点喝多了。我值夜班时,一个人咯噔咯噔地走在住院楼里,经常会想很多问题。医院的夜里很安静吧。一楼、二楼、三楼,只有角落里的一个房间亮着昏暗的灯光,那是护士室。其他房间都熄灯了,一片漆黑。偶尔看到灯光亮着的房间,我马上就明白了,有人死了。这种时候,我常常会思考人的想象力的盲区。所谓想象力的盲区,没人去思考去想象,这一点挺意外的。

比如你们这些人,可能会想,自己会得什么病死,什么时候死,但不会想象自己死在什么地方吧。妈妈①,你呢?瞧,没想过吧。笑酱,你呢? 你也没想过。当然你本来就还年轻。人哪,为了一些无聊的事,心里想东想西,却从没想过自己会死在哪里。不可思议吧,但这是事实。死的地点,这是个盲区。

假设想过吧。一般会很笼统地想象在自己家里,在榻榻米上,在家人、亲戚的陪伴下死去。唉,妈妈,你也是这么想的吧? 不过呢,这大错特错了。大多数的人会死在医院里。

死在医院的病房里,看上去很体面,其实没有比这个更惨的了。医生好像不该这么说吧。因为我是医生,才更

_____

① 对酒店老板娘的称呼。——译注

会这么想。我想你们都懂吧。病房这东西，墙壁白乎乎的，地板冷冰冰的。病房里的病床，至少也有过一次吧，其他人死在那上边啊。自己死在别人咽气的地方，想想这多可怜啊。

不过，这还不是最悲惨的哦。说实在的，医院这种地方，谁死了都不用大惊小怪。我们这些当医生的也好、当护士的也好，每天都看着人死去。职业关系，对死已经麻木了。要是一次次都觉得受打击，那就没法干下去了。

"他去世了。我们已经尽力了，太遗憾了。"

我们会这么说啊。这就是实情，不是骗人。不可能再有更多的情感掺杂在里面。这一次的事情就此结束，接下去的工作还在等着呢。

对医院来说，人死了，就是一件事务性的工作。打个比方，妈妈咽气了。妈妈的家人哭得死去活来。大概三十分钟后，护士嘎吱嘎吱地拉着搬运车来了，装上尸体，送到太平间。太平间是医院里最凄惨的地方。妈妈的尸体有可能一晚上都和不认识的糟老头并排躺在一起。

第二天一大早，清洁工哼着流行歌曲来打扫妈妈死了的那个病房，到了下午，什么都没察觉的新病人就又住了进去。也就是说他根本什么都不知道，就要睡在昨天晚上死了人的床上。

什么？像包装宴会的商品那样运走的？说的是，虽然到不了那种程度，那样说的话倒也有点那感觉。

骂我们也没用啊。也只能那样啦。医院是为活着的人开的，没那么多工夫管死人的事。很多病人在等着。不过呢，道理都懂，一旦自己死了，就像个东西一样被人对待，我也会不爽。也有人觉得人死了，让医院事务性地处理了，不错，那样干脆。我可不行。毕竟是个人，也不是能死几次的。只能死一次，还是希望死后能被严肃对待。

像今天的肺癌病人，不知道自己的病情，做了手术，我最怕见生癌的病人。

作为一种原则，我也绝对不会告诉病人家属。为什么这么做？因为害怕自己得了癌症的病人会想方设法打听情况。事实上他们会很巧妙地打听。不是嘴上打听。他们会观察我们否认癌症时的眼神、脸上的表情。而在家属那边，他们会刨根问底，家里人没法装到底。结果在病人的步步紧逼下吐露真相。

是怎么问的？有个公司的大领导，他不直接说自己得了癌症后的症状。他说有个朋友是这样的症状，这是得了癌症吗？他一边笑着一边问。我呢，也是缺心眼儿上了他的当。我说大差不差是癌症吧，他的笑脸立马变没了，表情僵硬起来。我想，糟糕，但已经晚了。

也有人很让我敬佩的哦。有个钟表修理工，是个很普通的年轻人。他说胃不舒服，做了造影和胃镜，检查下来是幽门癌。当然，我告诉他是胃溃疡。

做了手术后又复发了。我告诉他是胃溃疡复发，他好像是相信了。每天安静地看书什么的。到了快不行的时候，他很有礼貌地对我道谢，说自己得了癌症的事一开始就知道了。就是这么一个人。见我一声不吭地眨巴着眼睛，他说。

"我不想让医生您有心理负担，所以就装作信了您的话，是胃溃疡。"

他笑着这么说的哦。虽说是个年轻的钟表修理工，但死得很坦然啊。我们医生会忘记出院病人的长相和名字，只是通过症状记住病人。只有那个年轻人，我记住了他的长相和名字。他叫青木茂，是个住在千住的普通钟表修理工。

对了，妈妈，问你个问题。如果是你会怎么做？请回答我的问题。

假设的哦。妈妈的投资人……哦，没这样的人。好吧，那就算妈妈爱着的男人，丈夫也行，假设哦，得了癌症，长得不是地方，你知道他很快就要死了。

得了癌症的种类中，有的人死前非常痛苦。那是癌症长的位置决定的。那种痛苦难以忍受。医生为了减轻他的痛苦给他打麻药，但还是满足不了，麻药产生耐药性后就不起作用了。

隔三十分钟打一次麻药，即使这样他还是痛苦得让人看不下去。已经到了现代医学的极限，没有办法可想。与其这么痛苦地让他多活几天，也许打一针让他安乐死反而更好。

好了，就是这种状态。这种时候，妈妈会去求医生给你丈夫注射一针让他安乐死吗？

你丈夫就在眼前，痛苦不堪。事实上也有病人求医生，既然痛苦成这样，不如杀了自己。当下的医学水平，没有救治的办法。这种情况明摆在那里，妈妈，你怎么办？笑酱，你怎么做？笑酱先回答。不知道？真笨啊。你啊，真是个缺乏想象力的姑娘。什么？求医生给打一针？为啥？反正是一个死，早点让他轻松地死，也有道理。明白了，合乎道理。妈妈呢？下不了手？为啥？说不出为什么就是下不了手啊。

果然是妈妈，比笑酱更明白人生的痛苦。为啥这么说？我也说不清楚，但从我的经验来看，看着自己爱的人痛苦，不管是母亲还是妻子还是恋人，很少有女人会去求医生给他打一针。即使已经绝望，也不会要求医生注射。当然，安乐死的注射原本就是被禁止的，不过……有时也有人偷偷给病人打一针让他安乐死。为什么下不了手？这可不是笑酱你说的道理哦。自己的男人在彻底断气之前说不定会出现奇迹，好像只有恋人会这么想。尽管奇迹不会出现，因为爱着那个男人，女人拼命地等待奇迹出现。女人相信，不到最后的最后那一瞬间，亿万分之一的奇迹都有可能出现。

如果是自己家的男人或者兄弟，就会去求医生注射一针安乐死，他们觉得这么做才是理性的吧。终究是一死，还是别让他死得那么痛苦，这种理性的想法，和自己实在看不下去的眼前病人的痛苦，两种心情合成了一体，所以会去求医生。

不过，打一针安乐死，医生也不情愿。因为法律上禁止这么做。病人也很可怜。有的最终拗不过家属偷偷给一针。我也做过这事儿，这可不敢到处乱说。当时不是在

医院，在病人家里。当然，这是瞒着主任教授的，他是我
上司。

那是夏天，天气很热。夕阳照到了病人的房间里。家
里人还是回避着走出了房间。

我和两个戴眼镜的照看病人的中年妇女一起做了这
事儿。我把超过规定量的药水装进注射器，刺进了病人的
手臂。之后我面朝火热的夕阳，静静地等着患者咽气。院
子里向日葵开了，我想着向日葵会随着太阳的运动方向改
变朝向，就一直望着。可是两个小时过去了，向日葵也没
有改变朝向。我将听诊器放到病人的心脏上，还能听到微
弱的脉动。他的身体已经完全没有了反应……只有心脏
还在跳。他还活着。

我又注射了一针。这次应该就去了吧，我这样想着，
又去呆呆地望着向日葵。夕阳照在向日葵上，可是向日葵
纹丝不动。我又将听诊器放到病人的心脏上，还能听到鼓
动。他依然活着。

真讨厌啊。脸上的汗珠顺着白大褂吧嗒吧嗒滴下来。
我开始产生了自己在杀人的想法。

又注射了第三针。夕阳落下去了，向日葵还是纹丝不
动。周围变得昏暗起来，房间里做护理的女人注视着我，

脸色苍白。我将听诊器放到病人的心脏上,终于,心脏停止了跳动。房间里,鸦雀无声啊。

那件事我还记忆犹新。每当我这样注视着自己端着酒杯的手时,一种念头就会出现,某天,我用这双手慢慢地杀死了一个活生生的人。

作者致读者
——关于《哀歌》的记忆

　　从某个时期开始,我形成了每隔三年或四年发表一部纯文学长篇小说的惯例。

　　三年或四年的间隔,对我而言是为创作长篇小说所留的准备期和蓄电期,与此同时我也采用了为摸索长篇而创作几部短篇的方法。

　　自己开始采用这一方法,是在长时间的住院生活结束后准备将生病期间考虑的素材写成长篇小说的那段时期。

　　我在病中也学习了天主教时代的有关历史,尽管还完全没有考虑好使用什么样的素材,但出院后,我第一时间便去了长崎,看到了踏绘,在脑子里形成了之后《沉默》中的一个主题。

　　为了使该长篇在脑子里成型,我决定先写几部好比围绕太阳运行的行星那样的短篇。

　　将那些短篇集结成册的便是这部《哀歌》。

　　因此,读者可以将《哀歌》视作我的《沉默》的前奏曲。

　　当然,《哀歌》中并非所有作品写的都是和《沉默》同一个时代的故事。甚至它是由与之完全无关的插话形式构成的。

　　但是,那一圆周经过不断缩小,聚成了《沉默》中踏绘上的耶稣的脸。《哀歌》中的诸短篇,最终在那张脸上结成了果实。

　　最近,我被在长崎亲眼所见的踏绘上的耶稣的脸吸引住了。被众人踩踏、擦伤的耶稣憔悴的面容和悲伤的眼神,变成了《哀歌》中九官鸟的眼神、狗的眼神、主人公妻子的脸。《沉默》中踏绘的音律便是《哀歌》的音律。不,因为创作了《哀歌》,我心里一直流淌着塞扎尔·弗兰克的《钢琴协奏曲》那样的旋律,可以说那种旋律逐渐聚合了耶稣的脸,随之转移至《沉默》。

　　当然,能坦承这一事实,也是在创作《哀歌》和《沉默》后又经历了一些岁月之后吧。

　　有时,人在之后才会发现将自己过去的人生以及作品群连接在一起的隐藏着的、肉眼看不到的那根线。我现在就是在这样的视点上谈论《哀歌》。

因此,我觉得自己并非在创作《哀歌》时明确意识到了上述的方法论,而是带着不断摸索的想法进行的创作。我发现这种方法很适合自己,那是在写完《沉默》之后了。

在我自己的短篇中,收入《哀歌》中的几篇是我特别钟爱的。比如《前日》《四十岁的男人》,事后重读时仍能追忆起我创作时的思路。前面我提到塞扎尔·弗兰克的钢琴曲,每当听到这首曲子,我便会想起自己的《哀歌》。

如果没有一篇一篇地创作《哀歌》的短篇,也就不会创作出《沉默》,不会有《死海之滨》以及《耶稣的一生》吧。

最近我总在冥思苦想,如何将自己所理解的耶稣形象传达给与基督教缘分甚浅的日本读者。

我并没有直接让耶稣的形象出现在作品中,而是如上面提到的那样,将其意象投射在狗、九官鸟、为浴室添柴火的妻子等事物的身上。不过,当我读到报纸等媒体上的文学评论后,发现评论家们仅仅捕捉到了"狗"和"九官鸟",当时那种极度沮丧的心情,至今记忆犹新。

我之所以在《沉默》中没有采用间接的手法,而是大胆露骨地描绘出踏绘上的耶稣形象,就是出自上述的缘由。

　　创作这部《哀歌》，我还有了另一个收获，那就是我终于了解了自己作为小说家的行车距离究竟能有多远。

　　所谓行车距离，指的是多少页纸最适合表达自己的所思所想。因此，我开始发现，自己并非是个短篇作家，而介于短篇和长篇之间，即中篇的创作是最能让我发力的。

　　包含这一意义在内，可以说《哀歌》是我作为小说家成长过程中的重要作品。

图书在版编目（CIP）数据

哀歌／（日）远藤周作著；赵仲明译.—南京：
南京大学出版社，2018.6
ISBN 978-7-305-20004-5

Ⅰ.①哀… Ⅱ.①远… ②赵… Ⅲ.①短篇小说-小
说集-日本-现代 Ⅳ.①I313.45

中国版本图书馆 CIP 数据核字（2018）第 057098 号

AIKA
by ENDO Shusaku
Copyright © 1965 The Heirs of ENDO Shusaku
All rights reserved.
Originally published in Japan.
Chinese (in Simplified character only) translation rights arranged with
The Heirs of ENDO Shusaku, Japan
through THE SAKAI AGENCY and BARDON-CHINESE MEDIA AGENCY

江苏省版权局著作权合同登记　图字：10-2017-005 号

出版发行　南京大学出版社
社　　　址　南京市汉口路 22 号　　　　　邮　编 210093
出 版 人　金鑫荣
书　　名　哀歌
著　　者　（日）远藤周作
译　　者　赵仲明
责任编辑　沈卫娟
照　　排　南京紫藤制版印务中心
印　　刷　江苏苏中印刷有限公司
开　　本　787×1092　1/32　印张 9.375　字数 138 千
版　　次　2018 年 6 月第 1 版　2018 年 6 月第 1 次印刷
ISBN 978-7-305-20004-5
定　　价　49.00 元

网　　址：http://www.njupco.com
官方微博：http://weibo.com/njupco
官方微信：njupress
销售咨询：(025)83594756

＊ 版权所有，侵权必究
＊ 凡购买南大版图书，如有印装质量问题，请与所购
　图书销售部门联系调换